L'amulette d'Azraé

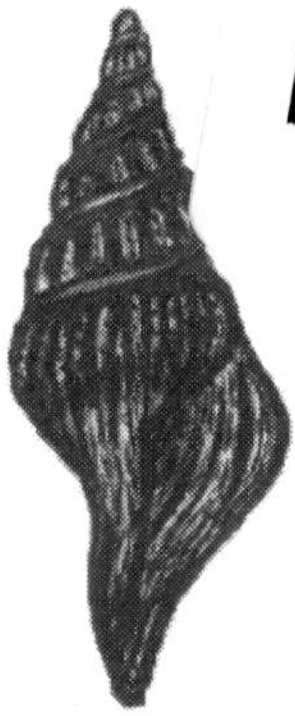

Dési Mac Lau

Victoire J. Stefanson

Auto-édition

Correctrice : Danièle Hard
@ Dani_Arthacky_Corrections

Création de la couverture : Chloé Amy
www.chloecreate.com

Illustratrions : Sacha Delhoste

ISBN papier 978-2-9578338-4-9

Les baleines chanteront
la perte de l'un des siennes.
Sans personne à la barre,
ne risque-t-elle pas
de se perdre en chemin ?

Prologue

La mer des quatre eaux, Royaume de Ban

Jamais la mer n'avait été aussi déchaînée que cette nuit d'automne sur le royaume de Ban.

Keran, d'habitude imperturbable, redoutait que tout cela ne soit pas naturel. En vingt ans sur les mers, il n'avait jamais connu un tel déluge. La proue du bateau oscillait dangereusement face aux vagues gigantesques. Même l'anthologique baleine de bois sculpté ne semblait pas parvenir à fendre les eaux. Il craignait pour la première fois de perdre ce combat contre la nature. Le bois de la coque craquait dangereusement à chaque vague scélérate qui déferlait sur le navire. Aléanore s'approcha de lui, manquant de tomber plusieurs fois sur le sol envahi de plusieurs centimètres d'eau. Elle se retint une nouvelle fois au cordage dormant le plus proche.

— Je t'avais dit de rester avec la petite, souffla Keran, le regard braqué droit devant.

— Je sais naviguer mieux que toi et tu le sais, s'agaça la jeune femme en s'accrochant plus fortement au bastingage.

Il ne put s'empêcher de sourire intérieurement malgré la gravité de la situation et jeta un bref coup d'œil dans sa direction. Ses cheveux dévastés par l'eau salée et ses vêtements collés à même le corps n'ôtaient rien à sa beauté éblouissante. Il était tellement fier de sa femme. Il se demandait chaque jour depuis quinze ans, comment, lui, simple mousse à l'époque, avait réussi à attirer dans ses filets la fille de son mentor. Oui, elle naviguait mieux que quiconque.

Cette fille de pirates, née sur ce bateau, maîtrisait tout mieux que lui. Pourtant, cette fois, il ne voulait pas lui laisser le gouvernail car il savait qu'elle renoncerait à gagner la bataille contre les océans.

— Nous ne tiendrons pas et tu le sais. Laisse-moi faire ce qu'on attend de moi.

— JAMAIS ! hurla-t-il dans un cri désespéré.

— Nous n'avons pas le choix ! Je connaissais les conséquences. C'était mon choix…

— Bon sang ! Cela ne devait pas arriver si tôt ! Je suis certain qu'on peut s'en sortir. Nous ne sommes pas loin de l'île de Ban. Une fois sur terre, tu ne risqueras plus rien.

— Keran, tu sais que cela ne se passera pas comme cela.

— On aurait dû arrêter de naviguer avant !

— La mer est notre vie et peu importe où l'on se trouve, ce qui va arriver est ma destinée.

— J'ai choisi de changer notre destin ! s'énerva-t-il, s'appuyant de toutes ses forces sur la barre pour éviter une nouvelle vague de plusieurs mètres.

Une gifle d'eau s'abattit une fois encore sur la proue du bâtiment, le faisant à nouveau tanguer dangereusement. Le dalot ne parvenait même plus à évacuer l'eau qui déferlait en torrents. Une grande partie de l'équipage s'astreignait difficilement à rejeter l'eau par-dessus bord à l'aide de seaux. Un travail de miséreux qui leur apportait l'unique sentiment de ne pas rester inactifs. Les autres tentaient de retenir les cordages des voiles prêtes à céder sous le joug des vagues.

Aléanore entoura Keran de ses bras et posa sa joue contre son dos. Elle sentait son cœur battre avec une rapidité inhabituelle car il savait malheureusement ce qu'elle allait lui dire.

— Ne me fais pas cela, Aléa, supplia-t-il.

— La vie de tout l'équipage est en danger… la vie de notre fille. Je n'ai pas le choix.

— JE NE RENONCERAI PAS À TOI !! hurla-t-il dans une rage désespérée.

— NOUS ALLONS TOUS MOURIR !!

— PLUTÔT MOURIR QUE DE TE PERDRE !

— ET LA PETITE, VEUX-TU QU'ELLE SOIT EMPORTÉE, ELLE AUSSI ?

Elle lança un regard noir à celui qui partageait sa vie. Lui ne la regardait plus, fixant l'horizon déchaîné. Aucun des deux ne voulait céder. Elle aurait pourtant fait comme lui si la situation avait été inversée. Jamais elle n'aurait renoncé. Pourtant, les dés étaient jetés. Il était trop tard.

— CAPT'NE ! hurla Vans.

Aléanore et Keran tournèrent le regard vers le maître de l'équipage. Trempé et tétanisé, cet homme à la carrure imposante et au visage buriné par ses quelques années passées en mer n'avait jamais craint la mort. Pourtant, il avait, cette fois, le sentiment qu'elle ne lui laisserait aucune chance. Les yeux de tous se braquèrent alors vers elle. Elle apparut, là, à bâbord. Approchant tel un monstre des mers à une vitesse presque irréelle, une vague qui mesurait au moins quatre fois le navire s'avançait vers eux tel un troupeau de taureaux en furie. L'équipage ne se serait permis aucun signe de couardise mais la peur était gravée dans les yeux de ceux qui maintenant fixaient leur capitaine dans l'espoir inespéré qu'il puisse être leur sauveur. Qu'aurait-il pu faire face à une vague d'une telle violence ? La foi qu'ils avaient en lui était vraiment trop importante.

Aléanore se retourna vers Keran. Elle déposa, dans un élan rapide, ses lèvres à la fois gelées et salées par les vagues qui s'acharnaient sur eux, sur celles de l'homme de sa vie. Son visage se décomposa en comprenant ce qu'elle allait faire. Le regard horrifié, il eut à peine le temps de hocher négativement la tête, qu'elle se mit à courir.

— Pardonne-moi, souffla-t-elle.

Il lâcha alors la barre dans un ultime espoir de la retenir. Le bateau branla, s'inclinant presque sur la ligne d'horizon. La barre, abandonnée par son capitaine, tournait dans une course folle. Les cris des hommes se mêlèrent alors aux craquements du bois qui ne résistait que par miracle et aux grondements de l'eau qui s'engouffrait, destructrice.

Aléanore ne laissa aucun espoir à Keran. Bousculée par la colère du navire laissé alors à l'abandon, elle glissa jusqu'au bastingage, l'enjamba d'un geste fluide et plongea dans le bouillon colérique. Keran hurla son nom, s'apprêtant à la suivre dans cet enfer. Il n'eut pas le temps de s'élancer qu'il se sentit tiré vers l'arrière par une poigne puissante. Il se dégagea violemment des bras de son second, l'envoyant s'écraser sur le lit d'eau qui recouvrait le plancher. Empli de haine, il regarda celui qui était à la fois son sauveur et son bourreau.

Un énorme bruit de tonnerre se fit entendre dans le ciel déchaîné. Un éclair toucha presque simultanément le grand mât du bateau. Tous les hommes levèrent les yeux au ciel, s'attendant à ce que ce soit la fin. Mais contre toute attente, l'éclair n'embrasa pas le bateau. Il ouvrit la porte d'un ciel bleu azur, chassant les nuages de manière irréelle. En une fraction de seconde, la mer déchaînée devint aussi calme que les eaux d'un lac. Tous restaient muets devant ce miracle que seul Keran ne pouvait pas qualifier de la sorte. Lui savait ce qu'il venait de se passer.

Il se tourna vers les eaux apaisées qui venaient de prendre

l'amour de sa vie en scrutant l'horizon, cherchant le moindre signe d'espoir, d'un regard troublé par ses larmes.

— JE VOUS MAUDIS !! VOUS M'ENTENDEZ ? JE VOUS MAUDIS !! hurla-t-il à ceux qui l'avaient emportée loin de lui.

Il sentit une main se poser cette fois délicatement sur son épaule. Sans un mot, il se retourna avec violence, empoigna l'homme qui lui avait sauvé la vie et le plaqua avec hargne contre le bois humide du mât d'artimon[1]

Son second le laissa faire. Il savait qu'il lui fallait passer sa colère et laisser aller sa tristesse. Il ne le lâchait pas, ses mains broyant le tissu de sa chemise déjà malmenée par la tempête qu'il venait de subir.

— Elle ne voulait pas que tu la sauves, articula péniblement Toren.

— COMMENT OSES-TU ?

Keran colla de plus belle l'homme contre le mât.

— Capt'ne, elle me l'avait fait promettre. Je suis désolé. Je ne pouvais renoncer à ma promesse… prononça-t-il avec douleur.

— TU MENS ! PERSONNE NE SAVAIT !

— Moi, si. Elle savait que j'étais le seul qui oserais vous retenir…

Keran enserra plus fort le cou de Toren, qui commençait à avoir du mal à respirer. L'équipage, à la fois sous le double choc d'avoir frôlé la mort et d'avoir vu disparaître Aléanore, regardait silencieux ce désolant spectacle.

Les pleurs d'une enfant vinrent alors briser le silence de mort qui s'était installé sur le *Blue Whale*. Le capitaine mit quelques secondes à réagir. Il lâcha Toren et se retourna vers celle qui chantait sans le savoir la perte de sa mère. Trois boutons, qualifié ainsi pour les trois verrues qu'il portait sur son nez, petit mousse pas beaucoup plus haut qu'un fût de rhum, tenait dans ses bras la petite fille aux yeux noyés de larmes.

Il s'approcha lentement de sa poupée que le jeune garçon lui tendit avec délicatesse. La petite, âgée d'à peine un an, s'agrippa à son père en essayant, dans un besoin de protection, d'enrouler ses petites jambes autour de sa taille.

— J'l'ai protégée, capt'ne! Elle pleure car elle a eu peur, mais elle est pas blessée. J'te jure ! dit-il précipitamment en crachant sur le sol encore inondé du bateau.

Keran posa ses yeux sur le visage potelé de sa perle. Il caressa délicatement son front comme l'aurait fait sa mère. Cela avait l'effet miraculeux de la calmer. Elle lui offrit un sourire.

— Mama ? interrogea l'enfant.

Que pouvait-il lui dire qu'elle aurait pu comprendre ? Dévasté, il savait qu'à partir de ce jour, il ne vivrait plus que pour elle.

En guise de réponse, il entonna avec douceur la chanson qu'Aléanore avait créée pour elle, sous le regard attristé de son équipage. Sa voix résonna dans l'immensité de l'océan…

« Petite fille aux yeux d'or

Nous t'avons tant espérée,

Nous avons mis notre cœur,

Nous avons tout donné,

Opale, tu seras la lumière

Par-delà les océans et les mers

De toi, les pirates seront fiers… »

Chapitre 1

Dix-huit ans plus tard, Royaume de Shall

La musique résonnait même en dehors de la taverne. Tout l'équipage chantait à tue-tête célébrant ainsi cette nouvelle victoire.

Aux tables, la bière et le rhum coulaient à flots, abreuvant les hommes assoiffés. Certains, affalés, cuvaient déjà l'alcool dont ils avaient sévèrement abusé. Le matin même, l'équipage du *Blue Whale* avait sûrement fait son plus gros coup de l'année. Récupérer un trésor d'une valeur inestimable, au nez et à la barbe des corsaires du roi de Shall.

Les hommes, déchaînés par leur succès, se mêlaient aux femmes des lieux pour des danses folkloriques endiablées. Les musiciens empêchaient probablement le voisinage du bar de s'endormir mais tout cela importait peu.

Les lanternes et autres bougies éclairaient suffisamment le bâtiment pour que le sommeil n'atteigne jamais l'équipage du *Blue Whale*.

Depuis plusieurs minutes, les hommes de Keran s'étaient lancés dans une démonstration de combat. Le gérant du bar restait sur le qui-vive mais ne s'en plaignait pas. Les combats de pirates attiraient toujours la clientèle à l'affût d'un bon spectacle. Le bruit des sabres qui s'entrechoquaient venait s'ajouter aux chants et aux rires qui animaient le lieu. Les clients captivés observaient les deux pirates en dépensant leurs derniers deniers autour de paris endiablés.

— La fête est animée ce soir ! s'exclama le

capitaine du *Blue Whale* en se laissant tomber sur une chaise à côté de sa fille.

— Un tel trésor méritait un pareil hommage, tu ne crois pas ? s'amusa Opale en se penchant davantage vers l'homme barbu pour qu'il puisse l'entendre à travers le brouhaha général.

— Mes hommes aiment se donner en spectacle ! Nous ferais-tu l'honneur d'une démonstration ?

Il désigna d'un geste incitatif Ténor et Mouille en plein duel. Un petit sourire malicieux apparut sur le visage de la brune qui proposa à son tour.

— Si vous vous joignez à moi, je serai ravie de vous apprendre les rudiments du combat, mon capitaine !

À cette appellation, Keran rit de plus belle et but une gorgée de sa bière déjà presque vide.

— Vous paraissez bien sûre de vous, chère demoiselle ! la nargua-t-il.

— J'ai eu un très bon maître d'armes.

Elle lui offrit son plus beau sourire et se leva de sa chaise. Prêt à relever le défi, il se mit debout alors que des cris de colère venant de l'entrée de la taverne attirèrent son attention. Les rires et la musique s'estompaient au fur et à mesure qu'une dizaine d'hommes, visiblement furieux et grisés par l'alcool, envahissaient l'établissement. Sentant les ennuis, Opale se mit sur ses gardes.

— Laissez-moi passer ! Je veux voir le chef de cet équipage maudit ! Laissez-moi entrer, gibiers de potence ! hurla une voix au milieu de la taverne.

Opale, de nature fougueuse, fit un pas en avant. Elle ne laisserait personne insulter son père de la sorte. Elle n'eut pas le temps de sortir son sabre de son étui que son capitaine plaça une main devant elle et lui fit signe de ne pas intervenir. Elle lui lança un regard noir mais respecta son ordre silencieux. Ces invités-surprises avaient réussi l'exploit de faire réduire au silence l'ensemble du bar. Le capitaine du *Blue Whale,* quant à lui, marcha silencieusement jusqu'aux troubleurs de fête, suivi de près par ses lieutenants. Les deux équipages ennemis semblaient se tenir sur le qui-vive, chacun prêt à soutenir son camp respectif.

— Que se passe-t-il ? demanda Keran d'un ton ferme.

Il n'avait guère l'habitude de tolérer que quelqu'un vienne saborder ses soirées de fête. Cette fois, il connaissait bien l'homme qui se tenait face à lui. William Gross, un corsaire qui travaillait pour le compte du royaume de Shall. C'était lui, qu'ils avaient devancé sur les mers, plus tôt dans la journée. Récupérant ainsi, bien avant son arrivée sur les lieux d'un naufrage, un trésor d'une grande valeur, un tableau somptueux qui se vendrait très rapidement au marché noir. Gross et Keran étaient loin d'être les meilleurs amis du monde. Depuis plus d'une décennie, le corsaire ne rêvait que d'amener à la potence le capitaine du *Blue Whale*. Il avait, en effet, plusieurs fois, humilié l'émissaire du roi qui arrivait toujours trop tard pour prouver ses actes de piraterie. La technique de Keran était bien rodée. Une invention du père d'Aléanore qui fonctionnait depuis des années, deux couleurs de voiles entremêlées et des drapeaux réversibles qui lui permettaient de faire passer en quelques minutes son bateau pirate pour celui d'un simple marchand, et une double cale pour dissimuler les objets volés.

— Je viens récupérer ce qui est au roi ! brailla-t-il, animé par une rage et un sentiment de vengeance qui se lisait sur son visage déjà peu gracieux au naturel.

Keran l'observa avec malice.

— Je ne vois pas de quoi tu veux parler.

— Le tableau que tes pirates et toi avez dérobé !

— Pirates ? As-tu trop abusé de tord-boyaux ? Comment oses-tu nous accuser, nous, simples marchands, d'une telle infamie ? opposa fermement Keran.

— Ne joue pas au plus malin avec moi, rat de cale !

— Pourtant, je serais sûr de gagner, nargua-t-il.

— Comment oses-tu parler ainsi à un corsaire du roi ?

— Je parle à un homme qui vient m'accuser sans preuve.

— Tout le monde sait que tu uses de piraterie !

— Alors, pourquoi ne suis-je pas sur la potence ?

Opale fit signe à son père de ne pas aller trop loin.

— Cela ne tardera pas. Le tableau sera la plus belle des preuves !

— Faudrait-il encore que tu le récupères.

— Tu avoues, donc.

— Je n'avoue rien. Tu viens troubler notre soirée. Tu nous accuses du pire des méfaits et cela sans preuve. Tu uses de droits qui ne sont pas les tiens.

— J'ai tous les droits ! Dont celui de te provoquer en duel pour ton insolence, marchand, appuya-t-il avec mépris et ironie. Je te bats, tu meurs et ton équipage est à moi !

Opale était sûre de la victoire de son père. Il avait la réputation d'être un des meilleurs épéistes du royaume. Ce qui ne cessait d'ailleurs d'étonner ses adversaires pour le simple marchand qu'il était supposé être…

— Et si je gagne ?

— Si tu quoi ?

William Gross se mit à rire, d'un rire gras et théatral, suivi par mimétisme par son équipage.

— Dans un duel, les deux parties doivent avoir quelque

chose à gagner, il me semble.

— Tu ne gagneras pas ! Alors ? Ne me dis pas que tu as peur !

Le chef du *Blue Whale* considéra son adversaire aviné avec un certain dédain. Un léger sourire se dessina à nouveau sur son visage. Il se devait de donner une leçon à ce trouble-fête.

— Parfait, dit-il calmement. Ne traînons pas alors, faisons cela à l'extérieur et maintenant.

Les futurs spectateurs s'écartèrent, laissant passer les deux hommes qui marchaient côte à côte.

Sur le pas de la taverne, une foule, attirée par l'annonce d'un duel et avide de spectacle, s'était réunie. Opale, appuyée contre un mur, en position d'observatrice, ne lâcha pas pour autant sa dague.

William Gross hocha la tête face à Keran et sortit son épée. Son adversaire fit de même. Les deux hommes se mirent en position devant une foule devenue silencieuse. Un des hommes de Gross sortit son arme et la leva vers le ciel. Il commença le décompte. Le coup de feu tiré annonça le début du combat. Keran n'attaqua pas le premier. Il se contentait de parer les attaques avec agilité et grâce, pendant que son adversaire s'épuisait dans des attaques brouillonnes et agressives.

Gross enchaînait les coups dans le vide, manquant, à plusieurs reprises, de finir sur le sol terreux qui entourait la taverne. Soudain, sans crier gare, Keran esquiva une nouvelle salve, puis se releva et lança son poing contre le nez de Gross, alors déstabilisé par cette parade. La force du coup le fit valser et il n'eut pas le temps de reprendre ses esprits que déjà la lame de Keran se dirigeait vers lui. Il l'évita de justesse et tenta de se défendre à son tour mais il ne fut pas assez rapide. La lame avait déjà tailladé en plusieurs endroits la veste du corsaire qui se déchira sur le coup.

Keran n'était pas là pour le tuer. L'humilier lui suffisait amplement. Il était rare qu'il donne la mort et éliminer un corsaire du roi, même en duel, n'était pas une bonne idée. Pourtant, William Gross était tout ce qu'il exécrait au plus haut point. Un corsaire sans honneur qui tenait son équipage non par admiration mais par la peur qu'il lui infligeait. Un vendu à la solde du roi, un tueur de pirates. Il n'aurait pas dû venir lui gâcher sa soirée.

Gross regarda sa veste éventrée d'un œil furieux. Empli de colère, il se rua encore une fois maladroitement sur Keran. L'alcool, qui avait envahi ses veines, ne l'aidait pas à garder sa stabilité. Le pirate bondit légèrement de côté, évitant ainsi l'attaque ridicule de son piteux adversaire. Le malheureux, emmêlé dans ses propres pas, bascula la tête la première dans les tonneaux qui bordaient l'entrée de la taverne. Des rires s'élevèrent dans l'assemblée tandis que Keran en profitait pour porter deux légers coups d'épée sur le pantalon de son opposant. Gross, la tête contre le bois du baril, assommé par sa chute et l'alcool, dévoilait son séant sous les regards amusés des spectateurs. L'équipage du *Blue Whale* laissa exploser sa joie. Ceux de Gross se contentèrent de relever leur capitaine et de le sortir de cette situation embarrassante. Keran n'avait rien à craindre d'eux. Leur capitaine étant hors d'état, ils ne chercheraient pas à venger son honneur. Ils lui raconteraient probablement, lors de son réveil, s'être battus comme de beaux diables avec les hommes de son adversaire sans pour autant parvenir à leurs fins. En attendant, ils n'avaient pas l'intention de risquer la mort pour leur capitaine.

Opale était toujours appuyée dans l'encadrement de la porte, observant les hommes du *Blue Whale* fêter la victoire de leur chef face à ce mécréant. Ses lèvres étirées témoignaient d'une certaine fierté lorsqu'elle croisa le regard de son père qui lui offrit également le plus beau des sourires.

Tout le monde était maintenant installé à l'extérieur de la taverne. Il faisait chaud mais la brise de la nuit rafraîchissait hommes et femmes que l'alcool avait furieusement réchauffés. Elle allait se diriger vers eux lorsqu'une voix dans son dos interrompit le chemin de sa pensée.

— Quel combat impressionnant, n'est-ce pas ?

Une main posée sur son arme, elle se retourna vivement vers cette intonation inconnue s'élevant derrière elle. Un jeune homme, aux cheveux bruns rabattus soigneusement vers l'arrière, leva spontanément les mains en signe d'apaisement. Âgé d'environ une vingtaine d'années, un sourire blanc comme le marbre, dénué de trous, s'étirait sur un visage fraîchement rasé. Sa grande cape bleue faite d'un tissu précieux, lui faisait dire, sans grand doute, qu'il n'était pas un client habituel de ces lieux et, donc, certainement pas là par hasard. Opale fronça le regard devant cet homme qui n'avait, semblait-il, rien à faire ici. La brune avait pris l'habitude de se méfier.

— Détendez-vous, mademoiselle, c'était une simple question. Vous êtes bien sur la défensive pour des marchands, s'interrogea l'inconnu en fixant la main d'Opale arrêtée à quelques centimètres de son arme.

— Qui êtes-vous ? demanda-t-elle assez brusquement.

Il se pencha légèrement vers elle et reprit la conversation à voix basse.

— Je souhaiterais m'entretenir avec vous dans un endroit un peu plus privé, si vous le voulez bien.

— Vous plaisantez ?

— Nullement.

— Vous cherchez à mourir en vous permettant de croire que je vous suivrais dans un endroit intime !

— Je ne me souviens pas d'avoir employé le mot intime mais privé… Sachez que malgré votre grande beauté, mon besoin de vous parler est strictement professionnel.

Cette remarque la fit devenir rouge de honte. L'idée d'être courtisée par cet inconnu l'avait, il est vrai, agacée mais le fait que cela ne soit visiblement pas le cas la piqua dans sa fierté.

— Et si je ne le voulais pas ?

— Vous passeriez à côté d'une belle occasion, mademoiselle… Il y a beaucoup d'or à la clé, et plus encore…

Même s'il se montrait bien trop arrogant, il fallait le reconnaître, quelque chose l'attirait chez lui et la poussait à savoir ce qu'il pouvait bien lui vouloir. Elle le jaugea rapidement du regard. Face à lui, elle était, de toutes les façons, largement capable de se défendre. Elle prit tout de même le temps de réfléchir pour ne pas lui laisser l'impression qu'il pouvait posséder un léger ascendant sur elle et finit par hocher positivement la tête. Elle s'avança alors à l'intérieur de la taverne. Opale fit un signe de la tête à l'aubergiste qui lui répondit de la même manière. Elle se dirigea vers un escalier qui menait à l'étage.

— Finalement, cela semble vous arriver souvent de monter avec des inconnus dans une chambre, prononça l'étranger sur un ton qui paraissait amusé.

Elle fronça le regard et serra la mâchoire pour lui faire comprendre que son humour n'était pas le bienvenu. Il ne parut pas désarçonné par ce jeu d'intimidation et continua à arborer un sourire satisfait.

Ils montèrent les quelques marches restantes en silence, longèrent un étroit couloir et s'arrêtèrent devant une porte déjà entrouverte.

La jeune femme la poussa alors et lui fit signe d'entrer. À peine l'avait-elle refermée, qu'elle plaqua l'inconnu contre le mur de pierres, une dague collée contre sa gorge et un coutelas lui grattant les côtes. Cette fille était pleine de ressources mais, cela, il le savait. On l'avait prévenu que l'aborder ne serait pas une mince affaire.

— Vous avez une drôle de manière d'accueillir des amis. Pourrions-nous parler avant que vous me plantiez votre couteau dans le ventre ? demanda-t-il en conservant son calme.

— Nous ne sommes pas des amis. On ne se connaît pas et je vous conseille de me dire rapidement ce que vous me voulez avant que je ne m'agace plus que je ne le suis déjà, ragea-t-elle une nouvelle fois.

Ses yeux noirs, rivés sur lui, étaient le signe qu'elle exigeait une réponse rapide de sa part. Cet homme avait beau éveiller en elle une partie de ses sens, elle n'avait pas l'intention de se laisser marcher sur les pieds.

— Si vous pouviez déplacer votre dague de quelques millimètres, il me serait plus aisé de vous répondre.

Opale regarda son arme et la déplaça légèrement.

— Merci, dit-il en se redressant. Je me nomme Valère Domliase. Je suis aux ordres du roi de Shall.

Tout en s'adressant à elle, il leva légèrement sa main gauche pour lui dévoiler une chevalière en or où trônait le symbole du royaume. Un dragon ancestral, endormi, aux ailes parsemées de cristaux d'argentium, dont la position, replié sur lui-même, faisait terriblement penser à l'initiale du royaume de Shall.

Le regard d'Opale se durcit devant cette révélation pour le moins surprenante. Elle l'observa encore quelques secondes, baissa sa dague et finit par s'éloigner. Cet homme était donc aux ordres du roi Tirak. Mieux valait ne pas prendre de risques non calculés. Ils n'avaient jamais eu affaire aux hommes du roi, si l'on excluait le misérable Gross. En général, ils préféraient rester éloignés de tout ce qui touchait à la royauté. Elle se mordait les doigts d'avoir joué à la curieuse, mais maintenant qu'elle était là, il fallait garder une certaine contenance. Elle croisa ses bras sur sa poitrine tout en gardant sa dague. Appuyée maintenant contre le mur, elle lui fit un signe de tête pour l'inciter à continuer de parler.

— Le roi de Shall a entendu parler des exploits accomplis par l'équipage du *Blue Whale*.

Cette entame de discussion ne la rassura pas. Si le roi commençait à entendre parler d'eux, il valait peut-être mieux ne pas trop rester dans les parages.

— De quels exploits s'agit-il ? Nous achetons et revendons des marchandises, rien de plus naturel pour des marchands, non ?

— Allons, vous êtes beaucoup trop modeste. Il est tellement impressionné par ce dont vous êtes capables qu'il souhaite même vous employer pour une mission.

Opale sentait l'embrouille à plein nez. Sur le qui-vive, elle était prête à donner l'alerte au reste de l'équipage. Elle tenta tout de même de ne rien laisser paraître et continua à donner la réplique à son interlocuteur.

— Le roi de Shall veut nous employer ? Il a des navires marchands et même des corsaires à sa solde, il me semble.

— Pour ce type de mission, il vaut mieux des marchands un peu spéciaux, comme vous… puisque c'est ce que vous êtes, n'est-ce pas ? s'amusa-t-il.

Opale n'acquiesça pas. Le roi Tirak était un être dangereux. Depuis deux décennies, il régnait en despote sur son royaume, ne supportant aucune résistance. Même son père évitait de trop lui chercher querelle sauf quand il s'agissait de pourrir la vie de Gross. Il ne pouvait résister et savait toujours, fort heureusement, comment passer à travers les sentences en se faisant oublier quelque temps dans les royaumes voisins. Il était loin le temps où Shall était un royaume paisible aux mains bienveillantes d'Admese. Tout avait changé depuis que Tirak avait pris la succession de son père, mort de chagrin après la disparition de son fils aîné. Phagor, héritier du royaume, avait perdu la vie lors de l'attaque de son bateau par un groupe de sorciers. Personne n'avait compris pourquoi ces pacifistes qui, jusque-là, vivaient en harmonie dans le royaume, avaient attaqué le bateau du fils héritier et semé le chaos. Tirak avait riposté en se lançant dans une guerre sans merci contre les détenteurs de pouvoirs magiques. De nombreuses familles avaient été décimées ou bannies du royaume et depuis, la pratique de la magie était interdite et passible de la potence. Plus personne dès lors n'avait entendu parler des sorciers.

Si Opale n'avait aucune confiance en tout ce qui se rapprochait, de près ou de loin, à la royauté de Shall, elle ne pouvait s'empêcher d'être très intriguée par cette visite inattendue.

— Et qu'attend de nous Sa Majesté ? prononça Opale sur un ton qui ne cachait en rien ce que cet homme lui inspirait.

— Je ne peux malheureusement pas vous en dire plus ici. Le roi m'a remis ceci pour vous et votre père, mademoiselle Everley. — Il sortit de sa poche un petit parchemin cacheté du sceau du royaume et lui tendit.— Si vous acceptez d'en savoir plus, rendez-vous aux heure et lieu indiqués sur ce document. Nous prendrons votre absence pour un refus. Sachez simplement qu'il y aura beaucoup d'or à la clé et qu'un refus est toujours délicat, quoique possible.

Poussée par la curiosité, la jeune femme se décida finalement à décoller son dos du mur pour s'approcher de lui et s'empara du document. Elle décacheta le courrier indiquant un lieu et une heure de rendez-vous. Le lieu n'était pas celui du palais et Opale en déduisit que cette rencontre devait soit rester secrète, soit être considérée comme un simple piège. Sans dire un mot de plus, elle glissa le papier dans sa poche de sa veste.

— Je ne vous promets rien, nous allons y réfléchir,

conclut-elle.

Bien sûr qu'elle ne promettait rien, Valère s'attendait à cette réaction de sa part. Les pirates n'étaient ni faciles à manipuler ni faciles à inquiéter. Décrits comme méfiants, car sous le joug de la potence, et souvent peu fiables, peut-être que l'appât de l'or allait au moins les faire se décider à venir écouter ce que le roi avait à leur dire. Valère se dirigea lentement vers la porte de la chambre. Juste avant de sortir, il se tourna une dernière fois vers Opale.

— J'espère vous revoir demain, mademoiselle Everley, bonne soirée.

Il s'inclina, un sourire charmeur aux lèvres. Que cet homme pouvait l'agacer !

Chapitre 2

Le soleil s'était levé tôt dans la matinée, obligeant la ville à s'éveiller. Une grande partie de l'équipage du *Blue Whale*, qui avait jeté l'ancre non loin du port, était, lui, en revanche, encore dans les limbes du sommeil.

La soirée d'hier avait été bien arrosée et les avait tous mis au tapis, à l'exception de Trois boutons qui était, ce matin, de garde. Le jeune homme, pour ne pas céder à la tentation de se rendormir, avait commencé à nettoyer le pont avant d'être rejoint par d'autres membres de l'équipage. Ils mettaient du cœur à l'ouvrage, sachant que Keran n'était pas homme à plaisanter quant à la propreté de son navire.

Le capitaine, Opale et Vans étaient, quant à eux, partis quelques minutes plus tôt pour discuter affaires, tandis que Toren veillait au grain pendant l'absence du capitaine. La jeune femme et son père avaient débattu une partie de la nuit pour décider s'il fallait ou non se rendre au lieu de rendez-vous. Opale, aventureuse mais méfiante, ne voulait pas en entendre parler. Ce Valère l'avait perturbée et pas forcément de la façon dont elle voulait l'avouer. Keran, lui, toujours en quête de sensations fortes et d'or, s'était montré très emballé. Elle avait fini par céder. Les ordres d'un capitaine, père ou non, ne pouvaient être réellement discutés.

La petite barque cognait contre la houle qui la poussait lentement vers le port. Tandis que Vans ramait tranquillement jusqu'au rivage, Keran observait sa fille qui paraissait pensive en regardant l'île se rapprocher d'eux. Elle ressemblait tellement à sa mère. Les mêmes cheveux bruns, la même peau brunie par le soleil, la même intelligence pragmatique et surtout le même caractère de cochon. Même si cette pensée lui faisait mal, elle finit tout de même par le faire sourire.

Quand la barque toucha le bord du quai, Opale s'empara d'une corde et sortit avec aisance pour arrimer leur patache [2]. Une fois solidement nouée au rivage, elle tendit sa main à son père pour l'aider à sortir. Il la regarda malicieusement avant de lui prouver qu'il pouvait se débrouiller seul.

D'un pas toujours alerte, il sauta sans déconvenue sur le port.

— Me penses-tu si vieux ?

La jeune femme lui fournit un sourire frondeur.

— Allons ! Tu me prêtes des intentions bien mauvaises. Je tenais simplement à montrer mon respect à mon capitaine, s'amusa-t-elle en s'inclinant un peu trop ostensiblement.

— Continue comme cela et tu finiras en cale ! Vans, rappelle-moi de ne plus la laisser se moquer de la sorte !

Vans hocha la tête en souriant. Les regarder se chamailler constammentétaitunplaisirdetouslesinstants.Iln'auraitjamais cru que son capitaine puisse autant être attendri par l'enfant qu'elle fut et surtout par la jeune femme qu'elle était devenue.

Les trois compagnons avancèrent dans la ville encore passablement endormie. Seuls quelques marchands nettoyaient sans grand enthousiasme leurs devantures et commençaient à installer leurs marchandises. On entendait çà et là, le rare claquement des sabots des chevaux dans les rues pavées. Le lieu de rendez-vous ne se trouvait pas très loin du port. Ils firent halte devant une vieille bâtisse établie à l'endroit indiqué sur le parchemin. La maison de bois et de pierres noircies par les âges ne payait vraiment pas de mine. Les volets délabrés et la vieille lanterne brisée, suspendue au-dessus de la porte d'entrée, donnaient l'impression qu'elle était laissée depuis bien longtemps à l'abandon.

— Curieux lieu de rendez-vous, constata Opale.

— Je n'aime pas cela, commenta Vans sur un ton qui, lui, ne laissait pas de place à l'amusement.

Keran, le regard froncé, observait les lieux sans prononcer un mot.

— Nous n'aurions pas dû venir, insista Vans, une main posée sur le flanc de son arme.

La porte s'ouvrit alors devant eux. Par réflexe, les trois acolytes dégainèrent respectivement leurs armes en effectuant un pas en arrière.

— Allons, gardons notre calme, prononça le fameux porteur du parchemin, les bras levés en guise de bonne foi.

— C'est lui, prononça Opale en baissant son sabre.

Keran fit de même tandis que Vans, lui, préféra rester sur ses gardes.

— Décidément, vous êtes incroyablement soupçonneux pour de simples marchands. Et si vous rentriez, ce serait mieux, ne pensez-vous pas ?

Opale regarda son père qui lui fit un signe positif de la tête et ils pénètrent alors dans la demeure. Dès l'entrée, une peu ragoûtante odeur de renfermé envahit les narines des invités. L'intérieur n'était pas en meilleur état que l'extérieur. Une vieille table et quatre chaises trônaient misérablement au milieu d'une pièce pourvue d'un simple vaisselier aux vitres brisées. Le sol pavé habillé d'une fine poussière laissait apparaître une trace à chaque pas fait dans la pièce.

— Je pensais le roi Tirak plus fortuné que cela. Sa Majesté aurait-elle finalement choisi de vivre comme ses sujets pour mieux comprendre leurs détresses ? railla Opale, ravie de sa tirade.

Valère se retourna vers la jeune femme.

— Si, personnellement, j'apprécie votre sens de l'humour,

mademoiselle Everley, évitez toutefois d'en user quand vous rencontrerez Sa Majesté. Ce n'est pas un homme à qui l'on peut soutirer un sourire.

Opale le braqua du regard. Que le ton toujours très posé de cet homme pouvait lui porter sur les nerfs !

— Parce que nous sommes censés le rencontrer dans ce taudis ? interrogea Keran.

— Pas aujourd'hui, mais quand vous aurez accompli votre mission, oui, effectivement. Vous recevrez votre récompense de ses mains.

Keran, en un regard, fit le tour de la pièce.

— Vous êtes venu seul ?

— Pourquoi, qu'aurais-je à craindre de marchands ?

Le capitaine sourit de cette fine répartie. Si ce n'était nullement le cas d'Opale, lui semblait l'apprécier. Quant à Vans, il préférait toujours rester sur ses gardes.

— Alors, pourquoi sommes-nous ici ? finit-il par lui demander.

Valère leur fit signe de s'asseoir.

— Je les ai époussetées avant votre arrivée, prit-il soin de signaler en regardant plus particulièrement Opale.

Les yeux de la jeune femme se mirent à jeter des éclairs. Comment cet intrigant pouvait-il la croire assez futile pour s'inquiéter de la propreté de sa tenue ?

— Vous fréquentez trop les dames de la cour ! lui lança-t-elle en se vautrant sur la première chaise venue.

Valère lui sourit comme simple réponse, tandis qu'elle continuait à le fusiller du regard. Keran prit place, amusé de voir sa fille aussi agacée. D'habitude, personne, mis à part lui, n'osait trop la titiller. Vans refusa la chaise d'un hochement de tête. Être debout lui permettait de rester plus réactif en cas de besoin.

— Alors, peut-on savoir ce que Sa Majesté attend de nous ? questionna le capitaine en reprenant son sérieux.

— Le roi est à la recherche d'un objet qu'on lui a dérobé, il y a peu de temps.

— Le roi s'est fait voler un objet… Il devrait commencer par chercher des gardes pour remplacer les siens !

Opale reposa discrètement la main sur sa dague. Et s'il parlait du tableau ? Et si tout cela n'était qu'un piège ? Vans, qui semblait avoir eu la même idée, regarda autour de lui, aux aguets.

— Ce problème-là est déjà réglé, répondit calmement le messager du roi.

— Il a des corsaires pour réaliser cette tâche, insista Keran avec le calme dont il avait l'habitude.

— Gross et son équipage ne seront pas capables d'effectuer une mission aussi importante.

— Vous m'en voyez surpris, s'amusa-t-il. Et quel rapport avec nous ?

— J'ai ouï dire que vous étiez le marchand le plus efficace de notre royaume. Vous seriez capable de trouver n'importe quoi, n'importe où…

— Effectivement, si le roi a besoin d'étoffes, de rhum ou de mets d'autres contrées…, nous pouvons le satisfaire.

— Une amulette.

— Une amulette ? Notre roi serait-il devenu superstitieux ?

— Il s'agit d'un bijou de famille.

— Et comment des voleurs ont-ils pu parvenir à l'exploit de détrousser le roi ?

— Vous n'avez pas besoin de savoir comment, l'important

est de retrouver cet objet.

— Et qui sont ces voleurs ?

— Si nous le savions, nous n'aurions pas besoin de vos services.

— Nous croyez-vous devins ! Comment voulez-vous que nous retrouvions une amulette sans savoir à quoi elle ressemble et qui sont ses voleurs ?

Valère posa devant lui un dessin.

— Je ne suis pas un grand artiste, mais voici à quoi elle ressemble, à peu de choses près…

Opale et son père se penchèrent en même temps sur le parchemin. L'objet n'avait vraiment rien d'extraordinaire. Il ressemblait plus à un vieux fossile de coquillage pendu au bout d'une chaîne, qu'à un précieux bijou de famille.

— Étonnant que le roi tienne à un truc pareil, commenta Keran.

— Je vous l'ai dit, il s'agit d'un bijou de famille très ancien.

— Si nous acceptons cette mission, qu'aurons-nous en échange ? interrogea-t-il alors.

— Huit mille pièces d'or et une immunité absolue.

Les deux pirates froncèrent le regard quasi simultanément. Elle n'était pas sa fille pour rien. Huit mille pièces d'or étaient une somme considérable. Avec un tel butin, il pourrait s'arrêter d'arpenter les mers et faire vivre son équipage pendant plusieurs années. Huit mille pièces d'or pour un simple petit bijou de famille, cette histoire ne sentait pas bon… d'autant plus qu'il parlait aussi d'immunité.

— Depuis quand d'honnêtes marchands auraient besoin d'une immunité ?

Valère parut plus amusé que convaincu de sa question.

— Vous savez, les choses évoluent et vous pourriez, vous aussi, simple marchand, en avoir besoin pour continuer votre commerce.

— Est-ce une menace, monsieur…

— Domliase, Valère Domliase. Et non, je suis juste quelqu'un qui préfère assurer ses arrières. Je suis persuadé qu'un homme tel que vous doit l'être également. Les décisions de notre bon roi sont souvent imprévisibles.

Décidément, Opale n'aimait pas plus cette affaire qu'elle n'aimait cet homme. Elle sentait de l'ironie dans toutes ses paroles et elle n'avait aucunement confiance en lui. Il ne fallait pas être né dans un fût du meilleur rhum pour se rendre compte qu'il jouait avec eux. Il était évident qu'il savait qui ils étaient en réalité. Son père n'allait probablement pas tarder à l'envoyer paître même si le roi n'était pas un homme à contrarier. Cela leur donnerait l'occasion de se faire oublier un peu en naviguant de l'autre côté de la contrée. Voire même peut-être, là où son père refusait obstinément de se rendre.

Keran conserva le silence pendant quelques secondes. Opale se demandait quelles paroles il allait prononcer pour lui dire d'aller voguer vers d'autres eaux. Elle espérait tout de même qu'il allait y mettre les formes. Non pas qu'elle n'apprécierait pas de le voir se jouer de cette espèce de prétentieux, mais s'en prendre à un homme si proche du roi n'était pas forcément une bonne idée.

— C'est entendu, prononça le capitaine du *Blue Whale* en tendant sa main en direction de Valère.

Opale ne put s'empêcher de hoqueter de surprise. Elle fixa son père d'un regard dur, se montrant extrêmement agacée par cette décision. Ce n'était pas le genre de son père d'oublier le code des pirates. « Chaque pirate pourra donner sa voix dans les affaires d'importance ». Cette fois, il décidait seul. Vans ne pipa mot mais ne semblait pas plus ravi de la situation.

Valère se retourna vers la jeune femme.

— Un problème, demoiselle Opale ?

Demoiselle Opale ! Bon sang, ils n'avaient pas jeté les seaux de vomi par-dessus bord ensemble ! Voilà qui finit de jouer avec les nerfs de la jeune femme qui ne rêvait que de lui faire tomber, d'un seul coup de poing, les dents blanches de son sourire. Elle réglerait ce problème avec son père sur le bateau. Il n'était pas question qu'elle remette en cause son autorité devant un inconnu.

— Aucun. Et pour votre gouverne, c'est mademoiselle Everley. Je ne laisse aucun inconnu m'appeler Opale.

— Mes sincères excuses si je vous ai choquée, mademoiselle Everley. Je suis terriblement confus, cela ne se reproduira plus, répondit-il d'un ton si mielleux qu'elle sentait encore qu'il s'amusait plus qu'il ne s'excusait réellement.

Keran se leva, un grand sourire au coin des lèvres. Il regarda sa fille et s'aperçut immédiatement qu'elle ne partageait pas son enthousiasme. Elle n'était pas très difficile à décrypter. Ses émotions se lisaient sur son visage avec une telle facilité que cela lui avait déjà valu quelques déboires, surtout avec la gent masculine. Il se doutait que le retour sur le bateau promettait d'être houleux.

— Bien, si nous en avons fini. Nous avons une amulette à retrouver. Comment vous faire savoir quand nous serons de retour ?

— Vous n'aurez pas à le faire puisque je vous accompagne, répondit calmement Valère.

Cette fois, ce furent non plus deux mais trois visages surpris qui se braquèrent sur lui.

— Hors de question, opposa fermement Opale.

— Nous n'amenons personne à bord du *Blue Whale*. Ce n'est pas négociable, confirma cette fois Keran, au grand soulagement de sa fille.

— Je suis désolé mais c'est à moi que Sa Majesté a confié cette mission et je dois venir, ce n'est pas négociable non plus de notre côté.

— Très bien, alors gardez votre or et achetez-vous un bateau avec pour chercher votre amulette vous-même ! le tança Opale qui se dirigea vers la porte.

Keran, lui, n'avait pas bougé et continuait à fixer Valère comme s'il cherchait à lire en lui.

Opale ouvrit la porte et se retourna vers son père.

— Capitaine ! l'appela-t-elle pour le faire venir à elle.

Elle ne comprenait pas qu'il reste figé sans rien prononcer alors que tout avait été dit.

— C'est d'accord, vous venez avec nous !

Il tendit, une nouvelle fois, une poignée franche au jeune homme.

— QUOI !? hurla Opale.

— Capitaine… opposa plus respectueusement Vans.

— Très bien, nous partons quand ?

— Dans trois jours au coucher du soleil. Nous viendrons vous chercher au port.

Plus aucun mot ne parvenait à sortir de la bouche d'Opale qui bouillait intérieurement de ce qui était en train de se passer. Son père était-il devenu fou ou avait-il un peu trop abusé d'alcool hier soir… ?

Chapitre 3

Les trois pirates arpentaient les rues pavées en direction du port. Les commerces étaient maintenant tous ouverts et le village animé tranchait singulièrement avec le silence de mort des trois écumeurs des mers.

Opale, renfrognée, évitait de regarder son père. Keran avançait sans se départir de son sourire qu'il offrait à toutes les dames qu'il croisait. Quant à Vans, il se demandait quand la tempête Opale allait se lever et tout dévaster sur son passage. Il connaissait la jeune femme depuis sa naissance. Il l'avait vue grandir, s'affirmer dans ce monde d'hommes et prendre le caractère bien corsé de sa mère. L'homme avait beau être son capitaine et son père, il allait devoir affronter le courroux de ce démon au visage d'ange.

Une fois arrivés sur les quais, Vans entreprit de dénouer les amarres. Keran sauta à l'intérieur de la barque et tendit sa main à sa fille comme il aimait le faire quand il la savait agacée. Son regard noir percuta le visage de son père qui dut se retenir de dévoiler un rictus qu'elle aurait forcément mal pris. Elle ignora l'offre qu'il lui faisait et d'un bond atterrit à ses côtés. Vans vint les rejoindre et se mit à souquer avec vigueur, n'ayant pas l'intention de rester trop longtemps à leurs côtés dans ce si petit espace. Malheureusement, il n'eut pas le temps de parvenir jusqu'au navire que le capitaine, joueur, lançait déjà les hostilités.

— Alors ma fille, qu'as-tu pensé de ce Valère ?

Personnellement, il m'a plu !

Vans regarda son capitaine, dépité. Il aurait clairement préféré qu'ils règlent leurs problèmes une fois sur le navire plutôt que sur leur petite embarcation qui ne permettrait pas à ses oreilles d'échapper à la fureur de la jeune femme.

— Pourquoi as-tu accepté ? lui répondit-elle froidement.

— Qui peut refuser une demande de Sa Majesté ? lui opposa-t-il avec une voix qui laissait transparaître un certain amusement.

— Toi ! Tu n'as jamais été le pantin d'un roi ! Et le faire venir avec nous ! Es-tu devenu fou ?

— Tu vas trop loin, jeune fille. Avant d'être ton père, je suis ton capitaine ! la sermonna-t-il plus par principe que par conviction.

Il se devait devant Vans de conserver un semblant d'autorité, même s'il savait que celui-ci n'était pas dupe. Opale avait toujours mené son capitaine de père par le bout du nez et tout l'équipage était au courant. Quoi qu'il en soit, c'était une question de principe. Opale se renfrogna.

Après quelques minutes de silence, agrémenté simplement par le clapotis des vagues qui heurtaient la chaloupe, Keran reprit la parole.

— Opale, n'es-tu pas curieuse de comprendre pourquoi un roi comme Tirak, qui possède une armée et des corsaires à sa solde, envoie un gringalet sous le sceau du secret pour que de simples marchands lui trouvent une vieille breloque de famille ?

— Tu ne crois tout de même pas qu'il ne sait pas qui nous sommes réellement !

Keran sourit de plus belle.

— Bien sûr qu'il le sait… et je trouve cela encore plus

intrigant.

Opale ancra ses yeux dans ceux de son père. Elle y décela une lumière d'excitation qu'elle ne lui avait pas vue depuis des années. La soif d'aventure, l'excitation du danger…

— Tu sais que même si nous lui amenons cet objet, Tirak ne tiendra pas parole ? Il est vil. Regarde comment il traite son peuple !

— Je sais, ma beauté. Je sais tout cela. Mais tu vois, mon instinct me dit qu'il faut y aller…

— Y aller ? Mais où ? Nous n'avons qu'un ridicule dessin, d'ailleurs fort mal réalisé ! Nous ne savons même pas à quoi ressemblent les voleurs ? Le monde est vaste, nous n'aurons pas assez d'une vie pour les retrouver !

— Je ne te connaissais pas si défaitiste, mon enfant. Est-ce parce que j'ai accepté de retrouver cet objet ou parce que j'ai dit oui pour que ce fameux Valère nous accompagne, que tu es si en colère ?

— Les deux ! L'amener sur notre navire est une pure folie.

— Écoute, s'il nous embête un peu trop, nous le passerons aux fers ou le mettrons à la baille [3], railla-t-il. Je te laisserai même cet honneur. Du moment que nous ramenons l'amulette au roi, je pense qu'il se fichera de savoir ce qu'est devenu son envoyé.

Opale ne paraissait pas plus convaincue mais son père avait tendu la main à l'émissaire du roi et, chez eux, cela avait la valeur d'un pacte et un pacte ne se brisait pas. Ils n'avaient plus le choix.

La patache toucha enfin le bord du navire. L'équipage

était maintenant à pied d'œuvre pour une prochaine destination. Toren vint à la rencontre des trois acolytes. Il comprit rapidement qu'Opale n'était pas d'humeur à être taquinée. Il se retourna vers Vans qui leva les yeux au ciel, ce qui ne rassura pas le second. La jeune femme se dirigea vers l'intérieur du bateau, claquant avec vigueur la vieille porte en bois pour montrer son mécontentement. Personne n'osa alors regarder le capitaine de peur de se faire passer par-dessus bord à la moindre parole déplacée et chacun se remit à sa tâche avec un zèle plus qu'appuyé. Keran fit alors signe à Toren de le suivre dans sa cabine.

Les deux hommes pénétrèrent dans l'antre du capitaine. Il posa son vieux tricorne sur la table de bois qui lui faisait face pendant que son second allumait les trois petites lanternes suspendues au plafond. La petite cabine prit alors un air feutré qu'affectionnait particulièrement l'homme. Ce dernier sortit d'un coffre des gobelets et une bouteille de rhum. Il fit signe à Toren de s'asseoir.

— Alors, tu ne me demandes pas comment cela s'est passé ?

— Pas besoin de demander, la tête de la donzelle a tout dit !

— Si elle t'entendait l'appeler comme cela, elle te jetterait à la baille !

Toren se mit à rire.

— Alors, où va-t-on, capitaine ?

Keran lui raconta l'entrevue qu'ils avaient eue avec l'émissaire de Tirak. Il n'avait plus du tout envie de rire et commençait à comprendre la colère d'Opale. Son capitaine avait accepté et, lui et les autres, n'avaient plus vraiment le choix. Il était rare qu'il décide seul de la sorte et il ne comprenait pas son intérêt soudain pour les affaires du roi. Titiller Gross était une chose mais accepter une mission voulue par le roi lui-même était pure folie.

— As-tu la taille la langue[4] ? demanda Keran à son second resté terriblement silencieux.

— On ne sait rien de ces voleurs… répondit Toren, préférant ne pas insister sur le fait qu'il n'approuvait en rien la décision qu'il avait prise.

D'ailleurs, même si l'équipage était entièrement dévoué à son capitaine, il s'inquiétait de leur réaction quand ils apprendraient qu'il avait décidé sans eux pour une mission d'un tel commanditaire. Après tout, il laissait à Vans le soin de leur annoncer et de jouer son rôle de médiateur. Le chef d'équipage avait toujours tenu son rôle et cette fois, il allait devoir soit y mettre les formes soit donner des coups de trique… en espérant qu'il n'ait pas besoin d'user de la deuxième solution.

— Tu as raison, mais je te connais, tu as toujours une solution à un problème !

— Moi ? Crois-tu que je fais des miracles ?

— Non, mais tu as des amis.

Toren le regarda, ne comprenant pas où voulait en venir son capitaine. Keran leva les yeux au ciel.

— Je comprends pourquoi tu n'es qu'un second, se mit à rire Keran. Déjà, il est évident qu'ils ont dû quitter la contrée et je parie pour la mer, car à l'intérieur des terres, les armées du roi sont déployées partout et ce serait bien trop risqué. Des voleurs qui s'en prennent à Tirak doivent être de sacrés olibrius ou des étrangers, et probablement les deux. Quoi qu'il en soit, ces imbéciles vont forcément faire parler d'eux ou ne pourront pas passer inaperçus… et toi, tu connais des oreilles, n'est-ce pas ?

— Et tu veux que j'aille au port pour savoir quel bateau a quitté le royaume ces derniers jours, n'est-ce pas ?

— On s'est compris !

Chapitre 4

Opale évitait son père depuis deux jours. Il était venu plusieurs fois frapper à la porte de sa petite cabine, mais elle avait refusé de lui ouvrir et même de lui adresser la parole.

Il avait eu beau la menacer de la mettre aux fers si elle ne venait pas remplir ses tâches quotidiennes sur le pont, elle n'en eut cure et resta sur ses positions. Elle savait qu'elle ne parviendrait pas à empêcher certaines de ses pensées de sortir de sa bouche. Il était donc préférable qu'elle ne le croise pas pendant quelques jours. Le temps que sa rancœur disparaisse ou tout du moins s'atténue...

Keran avait fini par renoncer, agacé par son comportement. Comme quand elle était petite et qu'il l'avait un peu trop taquinée, Opale passa la journée avec Chaudron, le cuisinier du navire, appelé ainsi du fait du métier qu'il exerçait mais aussi par la taille de son ventre bien rempli. L'homme avait l'habitude d'écouter les plaintes de chacun et était donc la plupart du temps content d'avoir perdu l'usage d'une oreille. La jeune femme, elle, était restée comme à son habitude silencieuse, l'aidant à ranger les provisions embarquées pour le voyage et préparant sur ses conseils les ingrédients pour le repas du jour. Il parut tout de même étonné de la voir revenir le matin suivant. En général, les chamailleries entre le capitaine et sa fille ne duraient pas plus de quelques heures. Il fallait croire que leur dispute était plus importante que d'habitude.

— Chaudron, j'ai terminé de ranger la cambuse[5]. Où je te pose les œufs ? demanda-t-elle, les mains encombrées de deux paniers remplis.

Il lui indiqua avec le coude une caisse suspendue au-dessus de lui tout en continuant à dépecer avec vigueur le porc qu'il venait d'égorger.

— Tu vas traîner ici longtemps ? finit-il par bougonner à la jeune femme.
Opale le regarda en haussant les épaules.

— Pourquoi ? En as-tu déjà marre de moi ?

— Tu sais naviguer, monter dans la mâture, amener les voiles, user du cordage… Tu es bien plus utile là-haut ! grogna le coq.

Chaudron détestait par-dessus tout avoir quelqu'un dans les pattes, surtout quand il s'agissait d'Opale. La jeune fille n'était pas une aide de qualité et autant elle était sans contexte douée pour la navigation autant elle n'avait aucune qualité en tant que cuisinière et sa maladresse n'arrangeait rien.

— On ne naviguera pas pour l'instant et puis…

— Et puis tu ne veux pas voir le capitaine.

— C'est cela !

Chaudron secoua la tête. Décidément, cette fille avait un caractère de cochon. Sans nul doute, quand l'heure sera venue, elle saurait prendre la relève de son père.

Toren remonta à bord du *Blue Whale* en fin d'après-midi. Il se rendit directement dans la cabine de Keran pour lui faire le compte rendu de ce qu'il avait appris.

— Alors, mon ami, dois-je me réjouir ou me saouler ?

— Nous pouvons faire les deux, mon capitaine, répondit le second d'une mine réjouie.

Il lui répondit d'un sourire carnassier.

— Raconte !

Il tendit un gobelet à son second et lui fit signe de s'asseoir.

— Tu avais raison.

— Tu en doutais ? le coupa-t-il, assez content de lui.

Toren leva les yeux au ciel et reprit.

— Deux olibrius ont quitté le port…

— Qu'est-ce que je disais !

— Vas-tu m'interrompre à tout bout de champ ?

— Continue, s'amusa-t-il.

— Je disais donc que deux olibrius ont bien embarqué, il y a quatre jours, à bord d'un sloop[6] qu'on n'avait jamais vu par ici… et aucun autre bateau, mis à part celui du vieux Passe-Poile, n'a depuis quitté le port.

— Et à quoi ressemblaient ces types ?

— Des jumeaux pas très bavards mais apparemment avides d'alcool et de femmes. Ils ont passé leurs soirées chez Venia la rouquine.

— Des jumeaux ?

— Oui, c'est aussi pour cela qu'ils ne sont pas passés inaperçus. On ne voit pas souvent ce genre de gredin…

— Donc personne ne les avait jamais vus par ici ?

— Si je te le dis ! Ni les hommes du port ni les filles de la taverne.

— Avec un simple sloop, ils sont rapides mais ils n'ont pas dû aller très loin.

Keran sortit une carte et son compas et se mit à observer la carte.

— Capitaine, encore une petite chose que tu dois savoir.

— Quoi donc ? demanda-t-il distraitement.

— Leur chaloupe n'avait aucun drapeau mais quand ils ont levé les voiles, elles étaient bleues comme le ciel…

Le visage de Keran s'assombrit instantanément. Des voiles bleues… Le territoire de Ban. Ce territoire maudit… Il s'était juré de ne plus jamais y retourner depuis la mort de sa bien-aimée Aléanore.

— Alors, on connaît leur destination. Il faut les intercepter avant qu'ils arrivent là-bas.

Rapidement, il alterna des calculs griffonnés sur un parchemin et l'observation de la carte et finit par y tracer un chemin.

— Avec un tel navire, ils n'ont pas pu prendre un autre cap que celui-ci et ils n'auront pas d'autre choix que d'effectuer des arrêts. Selon mes calculs, ils seront probablement sur l'île verte dans trois ou quatre jours. Si nous voulons les rattraper, nous devons passer par la baie des rochers.

— La baie des rochers ! Capitaine, la dernière fois, nous avons failli finir au fond de l'eau.

— Maintenant, nous connaissons les pièges à éviter.

Il regarda son second et comprenait sa mise en garde. Le Blue Whale avait dû rester de longs mois au port pour être remis à flot après l'aventure dans la baie des rochers. Deux de leurs compagnons y avaient même laissé la vie.

— Je comprends ce que tu ressens, mon ami. Je ne peux te blâmer. J'ai accepté sans vous en avertir et maintenant je vous impose cela… mais, Toren, je ne pourrais pas t'expliquer… je sens qu'il faut récupérer cette amulette. Je te demande ton soutien.

Toren jaugea Keran du regard. Jamais son capitaine et ami ne lui avait parlé à cœur ouvert depuis la mort d'Aléanore.

— Tu l'as.

Il sourit en claquant son gobelet contre celui de son second.

Vans venait d'annoncer la nouvelle à l'équipage. La réputation du roi Tirak était malheureusement connue de tous et travailler pour lui et surtout faire monter à bord un de ses émissaires était pour la plupart des compagnons de la pure folie. À l'évocation du territoire de Ban, les plus anciens ne purent cacher leur inquiétude. Personne n'avait envie de retourner dans ces lieux qu'ils considéraient comme maudits. Toutefois, la loyauté indéfectible envers leur capitaine leur interdisait tout signe de rébellion et tous se remirent au travail sans la moindre remarque. Vans s'essuya discrètement le front, bien conscient qu'il venait de passer pas loin de la catastrophe et sentit le regard d'Opale sur lui. La jeune femme, en équilibre sur les cordages du mât de misaine [7], n'avait pas fait l'affront à Vans de ne pas se présenter à l'appel du chef d'équipage. Elle bouillait intérieurement des décisions de son père et se demandait s'il n'avait pas perdu l'esprit.

Chapitre 5

Opale, assise à cheval sur la figure de proue du bateau, admirait l'horizon venir à elle. Elle adorait plus que tout prendre place sur la tête de la baleine sculptée et la regarder fendre les vagues quand le navire voguait à vive allure.

Cette fois, point de vagues, jusque le cliquetis de quelques vaguelettes s'écrasant contre les dents de l'animal, le bateau mouillant à quelques lieues du port, attendant le départ imminent pour ce qu'Opale considérait comme de la pure folie.

— Tu te confies à ta seule amie ? interrogea avec douceur la voix de son père qui marchait sur le beaupré pour la rejoindre.

— Qu'aurais-je à confier ? lui répondit-elle froidement.

— Je suppose que tu te plains de ton pauvre père que tu crois devenu fou…

— Je ne me permettrais pas de parler ainsi de mon capitaine ! C'est lui qui décide, je me soumets ! argua-t-elle avec une certaine ironie.

— Tu te soumets !

L'homme se mit à rire, poussant Opale à se renfrogner de plus belle.

— Quelque chose vous amuse ?

— Oh, que oui ! Tu n'as rempli aucune de tes tâches, pourtant ordonnées par ton capitaine, depuis plus de deux jours et tu appelles cela de la soumission… J'aurais tendance à parler de rébellion.

— Eh bien, mettez-moi aux fers ! rétorqua-t-elle, sans tourner les yeux vers lui.

Keran soupira devant ce caractère inflexible. Il espérait que sa prochaine manœuvre serait plus concluante et se mit à chantonner doucement.

« Petite fille aux yeux d'or…

Opale ferma les yeux. Le fourbe, il savait qu'en entonnant cette comptine, il réussirait à adoucir son cœur.

… Nous t'avons tant espérée,

… Nous avons mis notre cœur,

— Arrête-toi, papa, essaya-t-elle de lui opposer moins sèchement qu'elle l'aurait voulu.

— Papa ? Ai-je bien entendu papa ? insista-t-il en souriant.

Ce simple petit mot lui confirma qu'elle venait de hisser le drapeau blanc. La jeune fille leva les yeux au ciel. Elle s'était fait avoir encore une fois. Il était difficile pour elle d'en vouloir trop longtemps au seul homme qu'elle n'ait jamais aimé.

… Nous avons tout donné,

… Opale, tu seras la lumière… », reprit-il alors.

— D'accord, c'est bon, tu as gagné ! Arrête de chanter, je ne veux pas en plus devoir affronter la colère du ciel à cause de ta cacophonie !

Keran éclata de rire de sa voix brute et chaude, entraînant Opale qui se mit à s'esclaffer elle aussi.

— Capt'ne ! Patache en vue, annonça Flaque.

Les deux réconciliés se levèrent et tournèrent leurs yeux en direction de la petite barque qui amenait à bord l'émissaire de Tirak.

— Voilà ton nouvel ami, railla la jeune femme.

— Ne recommence pas, je t'en prie.

Il se retourna vers elle et à son grand étonnement lui prit la main, ce qu'il n'avait plus fait depuis qu'elle était devenue une adulte.

— Tu me prends peut-être pour un fou mais je sens qu'il est important d'accepter cette mission.

— Huit mille pièces d'or, c'est énorme mais…

— … Opale, je ne te parle pas d'or… mais de quelque chose d'autre, il y a quelque chose d'autre… j'en suis certain.

Avant de lâcher sa main, il y déposa un baiser avec douceur et se rendit à la rencontre de son hôte.

Elle observa, de loin, l'arrivée de cet oiseau de mauvais augure. Le jeune homme marcha sur le pont à la rencontre du capitaine et le salua avec déférence. Vêtu d'un épais manteau de soie vert aux couleurs de Shall, d'une chemise blanche ornée d'un jabot en dentelle et d'un pantalon de velours noir, seules ses bottes se trouvaient finalement réellement appropriées à l'endroit… si elles n'avaient pas été si propres. Ces vêtements devaient faire grand effet à la cour du roi, mais, ici, ils paraissaient totalement ridicules. Pourtant, Opale ne pouvait pas se mentir, il avait un charme certain. Elle continua à étudier la discussion entre les deux hommes. L'un et l'autre avaient le sourire et paraissaient entretenir des propos cordiaux. Au bout de quelques minutes, accompagnés de Vans, ils se dirigèrent à l'intérieur du navire.

Un bruit sourd venant de l'extérieur du bateau réveilla

Opale en sursaut au milieu de la nuit. Elle comprit rapidement qu'il se passait quelque chose sur le pont. Elle sauta de son lit, enfila ses vêtements et ses bottes à la hâte, récupéra sa dague et sortit en courant de sa cabine. Elle se trouva nez à nez avec son père qui lui aussi avait été réveillé par les bruits inhabituels venant de là-haut.

— Il y a un problème, annonça son père.

— Je sais, confirma Opale.

Toren déboula lui aussi au milieu de la coursive.

— Ça sent le brûlé, capt'ne !

Ils se mirent alors à courir en direction du pont principal. Des hommes s'activaient autour de plusieurs tonneaux et d'un branle[8] en feu. Un mousse à terre, à demi brûlé, hurlait de douleur.

— Qu'est-ce qui s'est passé ? hurla Keran.

— On ne sait pas, capitaine ! On a été réveillés par les cris de Peter et puis il y a eu l'odeur de brûlé.

— Allez chercher le doc, ordonna Toren qui se pencha auprès du jeune homme agonisant.

— Morbleu ! cracha Vans déboulant près des barriques encore enflammées.

— Activez-vous, bande de branques, le bateau va prendre feu ! les harangua-t-il en tendant des seaux de sable.

Opale balaya le pont d'un œil soupçonneux. Elle rencontra le regard de son père qui semblait lui aussi rester sur le qui-vive. Une dizaine d'hommes dissimulés derrière des tonneaux se ruèrent alors sur eux toutes armes dehors. Tout cela n'était qu'une diversion. Le combat s'engagea alors. Deux hommes se ruèrent sur Opale qui esquiva un premier coup d'épée. Elle était uniquement munie de sa dague et, même si elle était douée, elle n'était pas en position de les combattre de front. Il lui fallait agir autrement. Elle se rua en direction de la proue pour un jeu de cache-cache qui lui permettrait de s'occuper d'eux un à un. La proximité, voilà ce qu'il lui fallait, pour le reste, sa dague ferait le reste. Comme prévu, ses assaillants se mirent à la poursuivre. Son agilité lui permit d'atteindre rapidement le mât de misaine.

Elle glissa le manche de sa dague entre les dents, s'agrippa à un cordage qui permettait de tenir la voile et, dans un cri d'encouragement, força sur ses bras pour se soulever dans les airs. Ses deux adversaires, un peu trop sûrs d'eux, se mirent à sourire, la considérant comme prise au piège. Ils s'avancèrent en dessous du mât. La jeune femme se laissa tomber sur l'un des deux hommes qui, sous le choc, lâcha son arme et se retrouva au sol, à moitié assommé et chevauché par la jeune femme. Son compagnon se rua alors dans son dos pour la transpercer de son épée. C'était sans compter la rapidité de son adversaire qui roula sur le côté. Surpris, l'homme tenta d'arrêter son geste mais c'était trop tard, il venait de mettre à mort son acolyte. L'épée plantée en plein cœur, il le fixait, tétanisé. Il poussa un râle de colère et récupéra son arme.

Pendant ce temps, Opale en profita pour sauter sur ses deux pieds et se remettre debout. Elle courut alors en direction de la figure de proue et, le souffle court, se glissa derrière le petit foc. Il faisait frais et pourtant elle dut essuyer d'un revers de la manche les gouttes de sueur qui coulaient le long de son visage. Elle entendait autour d'elle le bruit des autres duels, toutefois elle s'obligea à rester concentrée sur les pas de son adversaire s'approchant de sa cachette. L'homme s'avança, son épée pointée vers l'avant. Arrivée à son niveau, Opale lui asséna un coup sur l'avant-bras, l'obligeant à se courber, ce qui lui permit de lui planter la lame de sa dague sur son bras opposé. L'homme, ensanglanté, se mit à hurler de douleur et de rage. Il ne lâcha pas pour autant son arme et riposta d'un coup d'épée. La jeune femme fit face en contrant le coup avec la sienne. Le bruit des lames résonnait dans la nuit. Il réitéra son attaque qu'elle para à nouveau. L'homme entreprit un mouvement circulaire pour l'atteindre de nouveau mais Opale se jeta à terre et profita d'être proche de lui pour le frapper à la jambe qu'elle entailla lourdement. Son adversaire mit un genou à terre, elle exploita la situation et lui asséna un coup de dague à l'épaule. Il lâcha son épée dans un hurlement assourdissant. Elle acheva son geste en plantant sa lame dans le cou de son assaillant. Quand elle la retira, il s'écroula au sol, se tenant la gorge de laquelle un flot de sang incessant s'écoulait. La jeune femme s'essuya à nouveau le front et nettoya sa lame contre sa chemise.

Satisfaite, elle se retourna alors en direction de son père. Trois hommes lui faisaient face, le poussant à reculer jusqu'au mât d'artimon. Il avait le sourire et s'amusait à titiller ses trois adversaires. Pas de doute, il allait n'en faire qu'une bouchée. Le visage amusé de la jeune femme changea du tout au tout quand elle aperçut un homme sortir de derrière le mât où il était resté jusque-là dissimulé. Il allait l'attaquer dans le dos ! Elle eut à peine le temps de hurler «papa» que le lâche planta son épée dans le dos de son père qui s'écroula sans le moindre cri.

Elle savait déjà qu'elle serait incapable d'oublier son visage meurtri et se mit à courir. Il ne pouvait pas être mort ! À quelques mètres, elle reconnut son meurtrier. Gross, ce lâche, n'avait même pas eu l'honneur de l'affronter seul. En l'attaquant de la sorte, il avait bafoué tous les codes, elle allait l'exterminer. Muée par une rage folle, elle en oublia qu'elle avait lâché sa dague en voyant son père tomber.

Toren et Vans combattaient avec férocité les trois adversaires de leur capitaine, cherchant ainsi à atteindre le corsaire qui avait osé s'en prendre à leur frère de sang. Le couard tentait maintenant de mettre le feu au bateau. La jeune femme se jeta sur lui. Il lâcha la mèche qu'il tenait dans les mains et qu'il n'avait pas eu le temps d'allumer. Bousculé, il tenta de la frapper au visage mais elle lui asséna le premier coup de poing. Le nez en sang, il cilla. Elle enchaîna en lui envoyant un grand coup de pied dans son entrejambe, ce qui le fit hurler de douleur. Elle voulut l'attaquer à nouveau mais cette fois, il réagit et cogna la jeune femme au visage. Déstabilisée, elle recula de plusieurs pas, il en profita pour sortir son épée de son fourreau et se rua sur elle.

— OPALE ! hurla Toren, tout en faisant glisser son épée jusqu'à elle.

Elle se jeta à terre et eut à peine le temps de tendre le bras, d'attraper l'arme et de l'enfoncer dans le ventre de Gross qui déferlait pour l'embrocher. L'homme, empalé, s'effondra sur elle. Ils tombèrent sur le pont, elle repoussa avec dégoût ce poids mort. Toren lui tendit la main pour l'aider à se relever. Elle fut happée par son visage meurtri, il ferma les yeux. Elle venait de comprendre… Il n'y avait plus d'espoir. Son père n'était plus.

Chapitre 6

Opale regardait le corps de son père, habillé d'un linceul en voile, pénétrer dans l'eau. L'équipage au grand complet se tenait là, silencieux.

Le capitaine du *Blue Whale* rejoignait les âmes de ceux qui, comme lui, avaient parcouru les eaux. Il allait sûrement retrouver celle qu'il avait perdue depuis tant d'années et qu'il n'avait jamais remplacée, tout du moins, elle l'espérait…

Le visage sombre, elle se devait de se montrer forte. Son père l'aurait voulu. Elle restait le regard fixé sur l'ombre qui disparaissait dans les eaux profondes. Toren et Vans, avaient pris place à côté d'elle.

« Il sera toujours auprès de toi. Reste forte», semblait-elle entendre dans sa tête. Elle secoua son visage de peur d'être en train de devenir folle, si entendre des voix dans sa tête était le début de sa déchéance.

Elle se retourna alors, croisant le visage de Valère fixé sur elle. Avec respect, il finit par baisser les yeux.

Chapitre 7

Le ciel était aussi gris que le cœur de l'équipage du *Blue Whale*, détonnant ainsi avec le calme plat de l'océan. Comme si l'élément respectueux était, lui aussi, en deuil de l'homme qui l'avait tant parcouru.

Pour la première fois de sa vie, Flaque tenait la barre en silence. Il n'avait nulle envie de s'emballer sur quelque chanson paillarde comme il en avait l'habitude. À ses côtés, Opale, le regard dans le vide, camouflait sa détresse derrière sa chevelure qu'elle n'avait, une fois n'est pas coutume, pas eu envie de natter. Toren s'approcha d'elle et posa une main réconfortante sur son épaule. Il tenait dans la main le tricorne de son père et lui tendit. La jeune femme détourna le regard à la vue du couvre-chef.

— Tu ne le portes pas encore, capt'ne ? lui demanda la jeune femme.

— Il revient à celle que nous avons choisie.

Opale leva vers lui ses yeux noyés d'incompréhension.

— L'équipage a décidé.

Elle ferma brièvement les yeux.

— Je ne peux pas, Toren.

— Il aurait voulu que ce soit toi, et nous le voulons aussi, insista-t-il.

— Je ne crois pas que ce soit une bonne idée. Je n'en ai pas le courage…

La jeune femme avança de quelques pas comme pour échapper à la réponse de Toren. Le fidèle second se mit alors à fredonner, doucement.

« Petite fille aux yeux d'or…

Nous t'avons tant espérée,

Opale ferma les yeux. Pourquoi utilisaient-ils toujours ce chant pour la faire céder ? Déja petite, ils avaient tous cette foutue habitude. Elle ressentit la boule qui était jusque-là logée au plus profond de son corps, remonter le long de sa gorge. Elle, qui pourtant dévorée par le chagrin, n'avait pas encore montré sa détresse à l'équipage, versa ses premières larmes.

— Ne fais pas ça, souffla-t-elle.

… Nous avons mis notre cœur...

Toren monta sa voix d'un ton.

Nous avons tout donné, ...

En chorale, Flaque, Vans et petit à petit le reste de l'équipage s'associèrent alors à Toren dans un chant gorgé d'émotions.

Opale, tu seras la lumière

Par-delà les océans et les mers

De toi, les pirates seront fiers…

Opale, tu seras la lumière

Par-delà les océans et les mers

De toi, les pirates seront fiers… »

— On a besoin de toi, Opale. C'est que ton père aurait voulu. Veux tu trahir sa mémoire ?

Le dilemme de la jeune fille était grand. Elle savait qu'elle en était capable mais en avait-elle la force ? Opale se retourna vers ses hommes, sa famille. Ils avaient tous le regard fixé sur elle. Elle ne pouvait pas les décevoir. Elle prit des mains le tricorne de son père et le posa sur sa tête. Elle ne les abandonnerait pas. Pour eux, pour son père, elle serait là, fière et forte, comme Keran l'aurait voulu.

Heureux que la jeune femme n'ait pas baissé les bras, leur chant se fit plus fort et plus entraînant. Ils parvinrent même à soutirer un léger sourire à Opale devant leur enthousiasme, dénué, il faut bien le reconnaître, de tout talent musical.

— Félicitations, capitaine, prononça alors une voix derrière son dos.

Elle se retourna vers Valère qui venait de rejoindre le pont. Le jeune homme avait cette fois délaissé ses vêtements d'apparat pour une tenue plus adaptée. Sur son pantalon de toile tissée tombait une chemise blanche légère. Il n'avait pas coiffé ses cheveux, se donnant ainsi un aspect plus sauvage et mystérieux. Opale se sentit immédiatement troublée par sa simple présence. Elle ne savait pas quoi penser de lui. Quelque chose l'attirait irrémédiablement et pourtant elle ne lui faisait pas confiance. Un homme de Tirak ne pouvait pas être quelqu'un de bien.

— Nous vous ramènerons au port dans la soirée, déclara-t-elle sans autre explication.

Valère fronça le regard. Elle avait donc l'intention d'abandonner la mission que son père avait acceptée.

— Vous devriez prendre le temps d'y réfléchir…

— C'est tout réfléchi, le coupa-t-elle, abruptement. Flaque, cap vers le port de Shall.

Flaque approuva d'un signe de la tête et la jeune femme tourna à nouveau le dos à son passager.

— Capitaine, je comprends ce que vous pouvez ressentir, tenta Valère.

Opale se retourna telle une furie vers celui qui osait

penser ce qu'elle pouvait avoir au fond de son cœur. Elle se rua sur lui, l'obligeant à reculer et à se coller au bastingage. Elle pointa sa dague sous sa gorge. Valère ne baissa pas les yeux et ne montra, étonnamment, aucun signe de crainte devant la colère de la jeune femme.

— Comment osez-vous prétendre que vous me comprenez ? Comment osez-vous penser que vous savez ce que je ressens ? COMMENT ? le harangua-t-elle.

Leurs yeux ancrés, Opale enfonça un peu plus sa lame contre la peau du jeune homme. Une goutte de sang perla sur sa chemise blanche.

— Peut-être parce que j'ai perdu mes parents, moi aussi, répondit-il, avec un calme imperturbable.

Cette révélation eut le mérite de surprendre le capitaine du vaisseau. Elle jaugea pendant quelques secondes la véracité de cet aveu et finit par descendre son bras le long de son corps, libérant ainsi Valère de son emprise.

Silencieusement, elle reprit sa place auprès de Flaque. Valère réajusta sa chemise et passa sa main à l'endroit où Opale avait posé sa lame pour essuyer les gouttes de sang qui s'étaient déposées sur sa peau.

— Je suis désolée pour vos parents, prononça Opale sans pour autant lui montrer qu'il l'avait touchée.

— Capitaine, si vous me permettez une dernière remarque. Vous devriez vous demander ce qu'il aurait aimé pour vous et pour votre équipage. Que vous erriez sur les mers sans but n'est pas forcément ce qu'il espérait pour le *Blue Whale*…

Valère avait le sens de la diplomatie. C'était probablement pourquoi il était l'un des proches conseillers de Tirak. Et si Opale n'était pas dupe de ce qu'il essayait de faire, elle commença à se dire que son père n'aimerait pas la voir se laisser aller. Et surtout cet homme de parole ne serait jamais revenu sur un pacte qu'il avait passé.

Elle jeta un regard en direction de Toren. Il lui fit comprendre, par un simple mouvement de la tête, que, quelle que soit sa décision de capitaine, il la soutiendrait.

— Flaque, cap à tribord. Direction l'île verte.

— Oui, capt'ne ! s'enjailla Flaque.

— Parez à virer ! hurla Toren.

L'équipage se mit immédiatement en branle. Toutes voiles dehors, le navire qui, jusque-là, pleurait son maître, semblait retrouver un peu de vigueur. Et de la vigueur, il fallait en avoir pour affronter la baie des rochers. Le bateau avait une revanche à prendre contre ces gros cailloux qui avaient coûté la vie à deux des leurs et mis à mal leur navire. Cela n'allait pas être un baptême facile pour leur capitaine, mais tous paraissaient prêts à la soutenir.

Valère se dirigea vers la poupe [9] du bateau en esquissant un sourire. Il venait de remporter une victoire. Petite, certes, mais tout était bon à prendre. Il savait qu'Opale ne serait pas tendre avec lui et que la route allait être longue.

Chapitre 8

Le *Blue Whale* naviguait depuis déjà deux bonnes heures à travers la baie des rochers. Enfin, naviguait… il serait plus exact de dire qu'il tanguait, oscillant dangereusement, manquant de chavirer face au déferlement des vagues déchaînées.

Cette baie maudite portait bien son nom. Une étendue d'eau parsemée de nombreuses roches sous-marines qui donnait du fil à retordre aux marins qui osaient y pénétrer. Il était rare d'en sortir sans dégâts et rare également de croiser des bateaux assez fous pour s'y aventurer.

Tout l'équipage du *Blue Whale* était sur le pont et se démenait pour obéir aux ordres de leur capitaine. On ne pouvait pas dire qu'Opale avait une manière très conventionnelle de commander. Pour elle, avoir la responsabilité d'un navire signifiait être au plus près du danger, au plus près de ceux qui étaient maintenant ses hommes. Elle avait tiré ces enseignements de son père. Il était fier de raconter comment, lui, simple matelot, était devenu capitaine du *Blue Whale*. Elle se moquait souvent du fait qu'il avait surtout réussi à prendre sa mère dans ses filets. Amusé, il lui répondait que justement, vu le caractère de la fille du capitaine, c'était un bel exploit !

Remplaçant la vigie, Opale avait grimpé sur le nid-de-pie[10] en haut du mât de misaine. Pour plus de prudence, elle s'était tout de même attachée à une corde et criait des directives ou bien les mimait en effectuant des gestes précis à Longue-vue qui tenait maintenant la barre. Ce vieux pirate connaissait les mers et les océans du royaume comme sa poche. Depuis bien des années, il cartographiait les lieux, revenant sans cesse sur son ouvrage, et pourtant, chaque fois, de nouveaux rochers naissaient dans ces eaux sans aucune explication logique. Il savait donc que ce passage était délicat et barrait avec force et détermination. Poussé par des courants marins incessants, le *Blue Whale* avait déjà évité une bonne dizaine de rochers mais la partie était loin d'être gagnée. Il restait encore quelques milles à parcourir et ce n'était pas le moment de relâcher son attention.

Suivant un rythme endiablé, la proue se relevait et s'abaissait, frappant de plus en plus fort la mer déchaînée qui répondait avec virulence à ses attaques. Le valeureux bateau n'en était pas à sa première fois. Des océans démontés, des pirates hargneux, des monstres des mers, il en avait tant affronté qu'il paraissait inébranlable. Pourtant, il gardait les séquelles de son dernier passage dans ces lieux et cette fois, il était hors de question qu'il n'en sorte pas vainqueur.

Le pont, inondé par les assauts continuels des vagues, devenait presque impraticable et obligeait les matelots à effectuer à vive allure des allers-retours pour évacuer l'eau par-dessus bord.

Chaque seconde gagnée était une petite victoire. Opale, trempée jusqu'à l'os, les cheveux collés à son visage crispé, continuait à hurler ses directives.

— À bâbord dans 4, 3, 2, toute !!!

Longue-vue manœuvra le gouvernail vigoureusement. Le bateau prit quelques secondes à répondre et vira, frôlant de peu la roche saillante, qui prit un malin plaisir à venir lacérer le bois de la coque. Le bateau tangua dangereusement, obligeant les hommes à se retenir à tout ce qui était devant eux. Vans, accroché avec force aux cordages des voiles, eut à peine le temps de tendre une main puissante pour empêcher Faluche, le petit mousse, de passer par-dessus bord.

— À tribord dans 4, 3, 2, maintenant !!! réitéra Opale.

Le timonier[11] barra à nouveau. Le bateau effectua un virage soudain, évitant ainsi une nouvelle fois de finir dans les profondeurs de la baie.

Opale commençait à fatiguer mais ne lâchait rien. Elle ne pouvait pas décevoir ces hommes qui l'avaient choisie. Elle n'avait pas le droit de faillir. « Papa, bon sang qu'est-ce qui t'a pris d'accepter cette mission ! » Elle aurait tout le temps de se disputer avec lui quand elle le retrouverait au royaume des âmes. Elle espérait tout de même que cela n'arriverait pas trop vite. Foutue baie des rochers !

Encore quelques mètres à parcourir et elle aurait réussi, sans trop de dégâts, sa première épreuve en tant que capitaine.

— À bâbord dans 4, 3, 2, toute !!! ordonna-t-elle encore une fois.

Comble de malheur, les bourrasques redoublèrent. La nature ne voulait pas leur laisser de répit. Longue-vue et Toren se mirent à deux sur la barre pour donner plus de puissance à la manœuvre. Il en fallut de peu pour que le bateau ne chavire définitivement.

Il ne semblait rester plus qu'un rocher. Il se tenait, là, prêt à affronter ces êtres qui osaient braver ses eaux. Les courants qui avaient visiblement choisi leur camp poussaient le *Blue Whale* dans sa direction. Les hommes se démenaient sur les voiles pour aider leur navire à éviter l'obstacle. Toren et Longue-vue se tenaient prêts, guettant le signal de leur capitaine. Opale repoussa d'un geste vif les mèches de cheveux qui étaient venues lui entraver la vue. Elle suivait du regard l'avancée du bateau sur le rocher, comptant les secondes pour évaluer le rythme de sa danse. L'obstacle s'approchait. Elle n'avait pas droit à l'erreur. Elle fit un dernier signe à l'équipage de s'accrocher et d'une voix puissante ordonna :

— À tribord dans 4, 3, 2, toute !!!

Le second et le timonier réagirent sans attendre, mettant leurs dernières forces dans cette ultime action. Le navire, obéissant, résista de toute sa puissance aux courants qui ne voulaient pas le laisser s'en sortir. Dans un dernier baroud d'honneur, il vira avec précision, évitant ainsi une éventration certaine. Le bateau franchit la frontière de la baie avec panache.

Les courants marins et les bourrasques de vent se calmèrent comme par magie, une fois ce dernier obstacle passé. Opale ferma les yeux et poussa un long soupir de soulagement. Son cœur raisonnait encore à l'intérieur de sa tête, battant plus vite que les tambours des tribus de l'île aux crabes les jours de célébration. Elle commença à entendre les cris de ses hommes qui fêtaient la fin de leur calvaire. Elle tourna le regard vers eux. Elle aperçut Trois boutons qui, dans l'euphorie, venait de se jeter ventre à terre sur l'eau du pont, glissant ainsi dans des hurlements de joie. Toren la fixait et s'inclina avec fierté. Elle hocha la tête heureuse de ce qu'ils venaient tous d'accomplir. Les hommes, souillés par l'eau salée et épuisés, entamèrent le chant de la victoire.

« Nous les vaillants du *Blue Whale*

Affrontons vents, mers

Et champs de pierres,

Nous les vaillants du *Blue Whale*

Affrontons forbans, gredins,

Et autres vilains

Contre vents et marées, nous nous battons

Et toujours nous vainquons ! »

La jeune femme regarda vers le ciel et salua dans un

sourire l'âme de son père. Le calme revenu, elle détacha la corde qui sécurisait son ascension et entama la descente du mât de misaine. Soudain, sans aucun signe apparent, le bateau tangua légèrement, déstabilisant la jeune femme qui lâcha sa prise et se sentit partir dans le vide.

— Opale !!! hurla Toren.

Le capitaine crut apercevoir la corde qui pendait en haut du mât, venir à elle à une vitesse incroyable. Elle la saisit au vol, se retint à la force des bras et atterrit dans la voile de misaine qui se gonfla devant elle comme pour vouloir, elle aussi, la protéger. Opale resta quelques secondes sans bouger, encore sous le choc, non pas d'avoir failli s'écraser sur le pont de son navire, mais d'avoir eu l'impression d'avoir été sauvée par son propre bateau. Elle se demandait si la mort de son père et les secousses brutales en baie des rochers ne lui avaient pas un peu dérangé le cerveau. Barbu, un des voiliers, grimpa vers elle à vive allure.

— Ça va, capt'ne ?

Opale, le regard dans le vide, ne lui répondit pas immédiatement, augmentant l'inquiétude de l'homme qui la questionna une nouvelle fois.

— Capt'ne, tu es blessée ?

Elle retrouva ses esprits, une bonne nuit de sommeil lui ferait le plus grand bien.

— Ça va, Barbu.

Elle se laissa glisser sur la barre transversale qui retenait la voile et descendit jusqu'au pont. Elle sentit dans le regard de Toren qu'il se retenait de la prendre dans les bras comme quand elle était enfant. Elle lui fit un geste de la tête pour lui montrer qu'elle savait ce qu'il ressentait. Elle était capitaine maintenant et il fallait se montrer digne de leur choix. Elle traversa le pont que les hommes nettoyaient avec rapidité quand elle aperçut Valère accoudé au bastingage, qui rendait son repas de midi. Elle le regarda avec les yeux emplis de mépris.

— Si nous sommes attaqués, vous pourrez toujours tenter d'envoyer votre vomi sur les assaillants ! lui balança-t-elle.

Valère leva le regard vers elle, en essuyant d'un revers de sa manche l'humidité de sa bouche. Il ne semblait pas vouloir entrer dans une joute verbale. Il lut sur son visage qu'elle était satisfaite de l'avoir probablement vexé, mais quand la jeune femme aperçut une commissure apparaître au coin de sa bouche, elle comprit que ce n'était pas le cas. Il allait être difficile de se débarrasser de ce marin d'eau douce. Peut-être qu'un passage sur l'île verte pourrait lui donner l'occasion de le perdre dans une de ses grottes.

Chapitre 9

Valère n'avait pas réussi à fermer l'œil de la nuit. Il fallait le reconnaître, il n'avait pas vraiment l'habitude du confort sommaire du simple branle qu'on lui avait fourni pour passer ses nuits au milieu des autres sur l'entrepont du navire.

Il s'estimait tout de même heureux de ne pas avoir à dormir à même le sol, sur le pont principal avec une partie de l'équipage voire en fond de cale. Avec Opale comme capitaine, il n'aurait pas été étonné qu'elle choisisse cette option. Il avait remarqué qu'elle n'avait pas franchement le sens de l'hospitalité et surtout il lui était apparu comme une évidence qu'elle ne voulait pas de lui sur ce bateau.

Cela faisait déjà trois jours qu'il était monté à bord du *Blue Whale* et elle ne lui avait adressé la parole que pour lui envoyer des piques. Le décès de son père n'avait pas arrangé son côté taciturne et il le comprenait fort bien mais il savait que sa proximité avec le roi Tirak était clairement en cause. Les pirates n'étaient pas en odeur de sainteté dans le royaume de Shall. Bon nombre finissaient sur la potence même si beaucoup devaient leur salut à l'inaptitude flagrante de Gross. L'équipage du *Blue Whale* faisait partie de ceux-là. Gross ayant toujours été en incapacité de les mettre aux fers. Valère s'était bien renseigné. Cela faisait plusieurs mois qu'il rôdait dans les ruelles de la capitale, prêtant une oreille attentive aux conversations des marins et autres personnels du port. Il avait, de nombreuses fois, entendu parler des exploits de ce pseudo-navire de marchand et Keran lui était alors apparu le plus à même de réussir la mission qu'il voulait lui confier.

S'étirant de tout son long afin de s'éviter de rajouter des courbatures supplémentaires à son corps meurtri, il se rendit sur le pont pour prendre l'air. Une partie de l'équipage était déjà occupé à réparer les dégâts causés par leur passage dans la baie des rochers. Tandis que des matelots finissaient d'évacuer le pont pour éviter aux autres des glissades dangereuses, les voiliers contrôlaient voiles et cordages. Le charpentier, quant à lui, distillait des ordres précis aux hommes pour qu'ils vérifient la structure du bateau, les mâts et les barques. Valère se dirigea vers Chaudron qui distribuait la ration du matin. Il lui tendit un grog bien corsé et deux morceaux de viande séchée.

— Ne mangez pas trop vite, votre estomac ne semble pas supporter la navigation, claqua une voix froide et tranchante.

Valère se retourna vers la jeune femme qui se tenait maintenant derrière lui. Il s'accrocha bien volontairement à son regard dans lequel, il devait l'avouer, il adorait se plonger.

— Je suis certain qu'aujourd'hui vous essayerez de naviguer avec douceur.

— Je ferai de mon mieux, Votre Seigneurie. Répondit la jeune femme sans cacher son mépris.

— J'aime quand vous reconnaissez quelque peu mon statut. J'ai maintenant espoir d'avoir accès à une cabine pour passer mes prochaines nuits.

— Si vos conditions ne vous conviennent pas, nous pourrons vous déposer quand nous serons sur l'île verte. Je peux parier un fût de rhum que le lieu sierra à Sa Seigneurie.

Elle ne put s'empêcher de sourire en l'imaginant passer ses nuits dans les caboulots[12] de l'île au milieu de pirates et autres gredins bagarreurs, la plupart du temps saouls comme des cochons. L'île verte n'avait pas la réputation d'être très sûre. Elle abritait tous ceux qui souhaitaient échapper pour un temps aux hommes de Tirak. Le *Blue Whale* aimait y faire escale pour réaliser trocs et autres marchandages et surtout passer de bons moments.

— Vous pensez que ceux que nous cherchons sont sur cette île ? lui demanda-t-il, cessant de la sorte ce petit duel verbal.

Il crut déceler dans ses yeux une étincelle qu'il interpréta comme un soupçon de tristesse.

— L'ancien capitaine semblait le croire et il avait rarement tort, répondit-elle en tournant les talons.

Il la suivit des yeux. Habillée d'un pantalon légèrement bouffant et d'une chemise aux manches assez amples, cette jeune femme lui paraissait tellement différente de ces demoiselles de cours enrubannées qui passaient leur temps à piailler. Elle avait la parole rare mais le verbe fort. Derrière sa carapace de guerrière, il lui semblait déceler des failles qu'il finirait peut-être par découvrir. Elle rejoignit Toren qui tenait la barre. Il les observa discuter un long moment. Sa crinière, agitée par la brise légère, masquait de temps à autre son visage hâlé par des années en mer. Il l'aperçut pour la première fois esquisser un sourire. À sa vue, son cœur se mit à battre un peu plus vite. Il déglutit et se détourna. Il n'était pas assez naïf pour ne pas comprendre ce qui se passait en lui. Il fallait qu'il se reprenne. Sa mission était trop importante pour se laisser distraire par une femme, aussi belle soit-elle. En plus, avec elle, il n'était pas certain de ne pas finir castré. Cette pensée refroidit immédiatement ses ardeurs. Il prit place sur un tonneau pour avaler sa ration.

— As-tu pu dormir, capt'ne ? interrogea Toren en remarquant les cernes qui commençaient à alourdir le visage de la jeune femme.

Il avait vu naître Opale et la connaissait aussi bien que

s'il avait été son père. Il savait qu'elle gardait en elle sa peine et sa colère mais qu'un jour elle devrait la faire sortir pour pouvoir continuer à avancer.

— Arrête de m'appeler comme cela, demanda-t-elle dans une sorte de supplique.

— Pourtant, tu dois l'accepter. Tu es notre capitaine, maintenant. C'est notre choix et regarde comme tu t'en es sortie, hier. Tu as réussi ta traversée sans gros dégâts.

— Longue-vue était à la barre…

— Comme la dernière fois avec ton père et pourtant, nous avons fini au port pendant de longs mois…

— Les courants étaient moins forts…

— Et le bateau était plus grand et les rochers plus petits… ajouta-t-il avec ironie.

Opale hocha la tête et se mit à sourire.

— Tu dois te rendre à l'évidence, Capt'ne, tu es née pour naviguer !

Ils gardèrent le silence un moment pour laisser passer ce moment de gêne. Les sentiments n'étaient pas ce que les pirates savaient exprimer le mieux, mis à part, peut-être quand ils avaient deux, trois litres de rhum dans le nez.

— Tu crois qu'ils sont vraiment sur l'île verte ?

— C'est certain qu'avec un sloop, ils devaient nécessairement faire escale là-bas. Après, quant à savoir s'ils y sont encore…

— Îllllle en vue, hurla la vigie du haut de sa plate-forme.

Opale se tourna vers l'horizon où l'on commençait à distinguer les flancs montagneux couverts de mousse, d'où l'île tenait son nom. Vans fit signe aux hommes de baisser la voilure. Le *Blue Whale* ralentit doucement sa course, aidé par l'ancre que venait de mettre à l'eau le frisé.

Trois matelots se dirigèrent immédiatement vers deux pataches pour les mettre à flot. Opale enfila sa redingote, glissa dans sa botte le poignard qui avait appartenu à sa mère et ajouta son coutelas dans le fourreau attaché à sa ceinture. Elle se dirigeait vers les barques quand Valère s'approcha d'elle.

— Vous comptez faire quoi exactement ? le questionna-t-elle tout en sachant déjà qu'il avait l'intention de les accompagner.

— Je viens avec vous.

— Sur l'île verte ? s'amusa-t-elle.

— Quelque chose semble vous amuser, si vous pouviez m'éclairer sur les causes de votre moquerie, je vous en saurais gré.

— Vous m'en sauriez gré ! s'esclaffa-t-elle. Voilà pourquoi ! Écoutez-vous parler ! Tout le monde va vous repérer à dix mille lieues d'ici !

— Et ?

— Et quoi ?

— Qu'est-ce que cela peut bien poser comme problème ? Cette île, comme toutes les îles des mers du Nord, est sur le territoire de Shall et donc sous son autorité. Ses habitants doivent allégeance à notre royaume et donc au roi que je représente.

Opale le dévisagea comme si ce qu'il venait de dire était terriblement stupide.

— Bon, écoutez, mettons cartes sur table tous les deux. Je sais que vous n'êtes pas si stupide…

— … Voilà enfin un compliment…

La jeune femme leva les yeux au ciel et continua sa diatribe.

— Vous savez qui nous sommes.

— D'humbles marchands ?

— Arrêtez votre petit jeu, sinon je n'hésiterai pas à vous jeter par-dessus bord.

— Vous me prendriez dans les bras pour le faire ?

Valère lui offrit un sourire satisfait qui dérouta la jeune femme. Cet homme révélait en elle des sentiments de désir dont elle ne voulait pas entendre parler. Elle respira intérieurement le temps de récupérer de sa superbe.

— Mousse et Ténor le feront mieux que moi, trancha-t-elle.

Il se tourna vers les deux hommes qu'elle venait de désigner du doigt. Un petit velu, au crâne aussi chauve qu'un œuf de poule et aux biceps plus gros que ses deux jambes réunies et un grand costaud, dont le visage était recouvert de balafres.

— Ils ne sont pas vraiment mon genre, continua-t-il.

— Et vous n'êtes pas le mien !

— Vous avez le jugement facile.

— Et vous, la confiance mal placée ! Vous ne viendrez pas avec nous. Cette île est fréquentée par des gens qui n'apprécient pas le roi Tirak et a fortiori ceux qui le représentent. Alors, si vous ne souhaitez pas finir éventré ou noyé la tête dans un tonneau, vous restez ici.

— Vous tenez donc un peu à moi ?

Sans pouvoir se contrôler, Opale se mit à rougir. Valère s'en aperçut et même si son orgueil en était flatté, il décida finalement de ne pas la pousser dans ses derniers retranchements. La jeune femme était armée et ce n'était peut-être pas le moment de la mettre en colère.

— Je tiens à mon or.

— J'entends donc vos conseils avisés mais je ne suis pas homme à fuir le danger. Je suis largement capable de me défendre.

Il ouvrit sa chemise un peu plus, sortit un morceau de foulard de sa poche et se le noua sur le haut du front, devant le visage surpris de la jeune femme.

— Vous faites quoi, exactement ?

— Je me fonds un peu plus dans mon environnement, capt'ne.

Opale leva les yeux au ciel. Après tout, si ce rat de cale voulait risquer sa vie, elle n'allait pas passer son temps à l'en dissuader.

Elle se dirigea vers lui, près, tout près. Le jeune homme se tendit, d'excitation plus que de crainte. Elle approcha sa bouche de son visage et, déviant à la dernière minute, elle lui chuchota au creux de l'oreille en lui arrachant de force le sceau du royaume de Shall qu'il portait à l'annulaire.

— Ayez au moins la présence d'esprit d'ôter cette bague.

Le jeune homme poussa un râle de douleur.

— Diantre, vous m'avez fait mal !

— Foutre…

— Quoi ?

— Foutre, pas diantre ! Elle jeta la bague à Toren, qui la réceptionna et la fourra dans sa poche.

— Ai-je espoir de la récupérer ?

— Si vous mourez, nous pourrons en récupérer un bon prix.

— Charmante !

— Capt'ne, les pataches sont prêtes, annonça Vans.

Toren s'avança vers elle. Le second n'avait pas vraiment envie de laisser la jeune femme aller sur l'île sans lui mais il devait se tenir prêt en cas de départ précipité. Elle lut dans ses yeux une forme d'inquiétude.

— Nous verrons au port si leur sloop est toujours ici. Si ce n'est pas le cas, nous nous rendrons à la taverne de Gretta pour avoir des infos.

— Ce sera le meilleur endroit pour en savoir plus. Alors, je t'en prie, Opale, si le persifleur et son équipage sont dans le coin, ne leur cherche pas querelle…

— Allons, je sais me tenir, lui répondit-elle, un sourire plus que narquois aux lèvres.

Toren leva les yeux au ciel. Cette gamine était vraiment le mélange de son père et de sa mère et parfois il aurait préféré que cela ne soit pas le cas.

— Nous nous tiendrons prêts, ajouta-t-il simplement.

Elle hocha la tête en guise de réponse.

Il fallut peu de temps à Mousse et Ténor pour mener l'embarcation à destination. À peine arrivé, Valère comprit que ce lieu était loin de ressembler au peu d'endroits qu'il connaissait jusque-là. Le port de l'île verte était un fouillis sans nom. « Pas de règles, pas de loi, n'écoute que toi », telle était la devise de cette île prisée par tous les sans noms, les gredins, bandits et autres pirates des royaumes environnants. Dans un brouhaha indéfinissable, des marchands ambulants de toutes origines vendaient aux plus offrants les butins ramenés de leurs périples. Bijoux, armes, tonneaux de rhum, victuailles, étoffes, côtoyaient la traite d'êtres humains au grand dam de la jeune femme qui aurait bien éventré ces vendeurs de chair. Valère ne savait où poser son regard tant il était sidéré par ce qu'il voyait. Son visage se déforma sous le joug du mélange d'odeurs nauséabondes qui commençaient déjà à chatouiller ses narines sous le regard presque amusé d'Opale qui se demandait combien de temps il allait tenir avant de rendre son repas du matin. Si Tirak connaissait l'existence de ce genre de lieu, il était fort probable qu'il enverrait ses armées mettre à feu et à sang cet endroit. Sur le port, il n'y avait aucune trace du sloop. Ils s'éloignèrent donc et se mirent alors à marcher dans les ruelles à demi pavées. Il leur fallut éviter à plusieurs reprises les pluies de seaux de pisse et autres mélanges inconnus qui étaient jetés des fenêtres des maisons. Valère ne pouvait s'empêcher de regarder, avec dégoût, ses bottes de cuir fraîchement nettoyées qui foulaient le sol plus sale que les porcheries royales.

À l'approche de la taverne, des chants peu gracieux, ainsi qu'une musique pour le moins cacophonique, finirent par se faire entendre à quelques mètres des cinq acolytes. La fameuse taverne de Gretta se tenait enfin devant eux. La vieille bâtisse en pierres noircies et au toit de chaume paraissait pour le moins animée. Devant l'entrée, quelques hommes débrayés cuvaient sur de vieux fûts de rhum attendant d'être à nouveau remplis tandis que d'autres échangeaient des grossièretés dans l'espoir d'une bonne et franche bagarre. Vans pénétra le premier tandis que Mousse fermait la marche. Si à Shall, la taverne d'Éneria, avait déjà paru à Valère un véritable enfer, ce n'était rien comparé à ce lieu. Envahie d'une odeur désagréable, mélange de cuisine peu ragoûtante, de transpiration et de besoins soulagés ici et là, il ne valait mieux pas être trop regardants pour s'attabler à ses tables de bois crasseuses et s'asseoir sur les bancs qui avaient vu passer des séants peu propres. Tandis qu'Opale, Valère et Vans se posèrent près d'un groupe rendu bruyant par l'abus d'alcool, Mousse et Ténor se dirigèrent vers le comptoir. Un gros barbu, la chemise ouverte sur un torse touffu, s'activait, distribuant les pichets de rhum et autres boissons dont il avait le secret.

— Morbleu, qui v'là donc ? Des revenants ! J'ai cru qu'on vous avait coulés ! s'exclama-t-il en voyant les deux hommes du Blue Whale venir à lui.

— Couler le *Blue Whale* ! As-tu trop bu de ton breuvage infect ?

— Sers-nous où tu finiras la tête dans un tonneau ! ajouta Mousse.

Le barman éclata de rire et sortit deux chopines.

— Sors-en trois de plus.

— Bon sang, le chef est là ? s'écria-t-il en se contorsionnant pour voir de qui il s'agissait.

Ténor regarda Mousse sans montrer la tristesse qui l'avait envahi. Le décès de Keran n'avait pas encore été annoncé et, sur les ordres de Toren, aucun d'entre eux ne devait en faire allusion. La mort d'un capitaine rendait pendant quelque temps le navire qu'il commandait vulnérable et même si Opale était largement capable de lui succéder, il était préférable de ne pas ébruiter sa disparition avant d'avoir trouvé l'amulette et de l'avoir restituée à Tirak.

— Venir dans ce taudis ! Es-tu fou ? Il avait mieux à faire ! se mit à rire le maître canonnier.

— Une gonzesse ? Sacré Keran !

Le tavernier poussa devant les deux hommes cinq pots de son meilleur rhum.

— Kara, aide-les à transporter tout cela ! ordonna-t-il à une jeune fille qui faisait office de serveuse.

La jeune rousse, à la jupe retroussée jusqu'aux genoux et à la chemise négligemment ouverte sur une poitrine volumineuse, poussa du coude Ténor et attrapa trois des cinq pots. Mousse et Ténor, captivés par leur attirante assistante, lui emboîtèrent le pas. Elle finit par poser le tout sur la table des hôtes non sans avoir habilement évité les bousculades causées par les danses et les bagarres des clients de la taverne. Elle fit demi-tour rapidement, après avoir lancé une œillade appuyée à Valère. Il baissa le regard sur sa chope pour ne pas laisser sous-entendre quoi que ce soit et en but une gorgée, l'air de rien. Ses yeux s'écarquillèrent, son nez se retroussa, laissant apparaître une grimace des plus horribles sur son si beau visage, en sentant le breuvage s'écouler le long de son gosier. Ses quatre accompagnateurs s'esclaffèrent de le voir se tortiller de la sorte.

— Trop fort pour vous ? s'amusa Opale.

— J'ai juste été un peu surpris, répondit Valère en buvant à nouveau une gorgée sans grimacer cette fois-ci.

Le capitaine but, elle aussi, en laissant traîner son regard dans la pièce terriblement animée. Elle était venue tant de fois dans ces lieux avec son père. Chaque son, chaque coin lui rappelait un peu plus celui qu'on lui avait arraché. Il s'était assis à cette table où un groupe de saoulards chantaient en pelotant les filles sur leurs genoux. Il s'était accoudé à ce bar où Dardane distribuait breuvages et victuailles. Il avait descendu cet escalier qui menait aux chambres pour passer un moment avec des femmes. Combien de fois, d'ailleurs, s'étaient-ils disputés à ce sujet ?

— On attend quoi, exactement ? questionna Valère, interrompant ainsi la pirate dans ses pensées.

Elle lui jeta, une nouvelle fois, un regard noir.

— Je n'ai fait que poser une question ! Ne sortez pas votre lame pour si peu, s'agaça Valère.

— Vous n'avez jamais appris à vous taire ?

Il n'eut pas l'occasion de lui répondre, Vans poussant du coude la jeune femme pour lui indiquer la présence de celle qu'il attendait. Opale leva le regard vers la patronne de la taverne qui descendait maintenant les escaliers, dominant son petit monde d'un regard puissant. Gretta, une femme d'un certain âge, jouissait d'un charisme dont peu de femmes de son rang pouvaient se targuer. Habillée d'une robe en dentelle blanche, immaculée, d'une paire de bottes en cuir et d'un fichu coloré nouant ses cheveux noirs bouclés, son look ne ressemblait à aucun autre. Il émanait d'elle une force de caractère qui la rendait toujours attirante aux yeux des hommes qui la rencontraient. Opale l'appréciait énormément. Son père disait souvent d'elle que, mis à part la couleur de sa peau ébène, elle ressemblait terriblement à celle qu'il avait eue comme épouse.

Gretta se dirigea immédiatement vers le petit groupe avec enthousiasme, tandis qu'Opale se levait pour la prendre dans ses bras.

— Ma sirène, cela fait si longtemps.

Elle lut dans le regard de la jeune femme qu'elle allait lui annoncer quelque chose. Elle posa sa main sur sa joue.

— Ne dis rien, je l'ai senti. Je sais, lui souffla la patronne dont les dons de clairvoyance n'avaient jamais été démentis.

L'aubergiste jeta alors un regard sur les quatre hommes encore attablés et s'arrêta plus particulièrement sur Valère. Ses yeux se froncèrent légèrement. Ils se fixèrent un moment sans un mot.

— Vous vous connaissez ? l'interrogea Opale, étonnée de l'intérêt appuyé qu'elle lui portait.

Gretta parut hésiter quelques secondes puis finit par ricaner.

— Jamais vu, mais tu me connais, les beaux hommes ne me laissent jamais indifférente !

Il avait semblé à Opale qu'elle avait répondu un peu trop rapidement à son goût. Elle l'avait assez fréquentée pour savoir qu'elle semblait vouloir lui cacher quelque chose et que Valère ne correspondait en rien au genre de marin qu'elle affectionnait jusque-là. Gretta fit signe à Opale de s'asseoir et prit place en face d'elle.

— Alors, ma sirène, dis-moi ce qui t'amène !

— Nous recherchons deux hommes, des jumeaux…

Les yeux de l'aubergiste se froncèrent à nouveau.

— Vu ta réaction, je vois que tu sais de qui je parle.

— Je vois, oui. Ils sont restés ici deux nuits.

— Donc, ils ne sont plus là ?

— Ils ont plié bagage et, je suppose, quitté l'île hier.

— Quelqu'un pourrait nous en dire plus ?

Gretta siffla une petite serveuse qui semblait à peine sortie des jupons de sa mère. La gamine accourut à l'appel de sa patronne. Elle lui glissa quelques mots à l'oreille et la jeune fille détala à la vitesse d'un cheval au galop.

— Comment étaient-ils ? demanda Vans.

— Des soiffards prétentieux. Le genre d'homme qu'on ne veut pas par ici… répondit-elle en continuant à fixer étrangement Valère.

Le jeune homme ne répondit pas à cette attaque à demi déguisée. Opale, elle, s'interrogeait sur son comportement étrange. Des soiffards prétentieux, des bandits de grand chemin, des pirates recherchés… cette île en était truffée et elle n'avait jamais rien eu à redire là-dessus.

— Où veux-tu en venir, Gretta ? interrogea la jeune femme, soupçonneuse, qui commençait à se demander ce que signifiaient ces sous-entendus.

L'aubergiste changea à nouveau de visage, elle se mit à sourire.

— Ils ne m'ont pas plu, tout simplement.

La jeune gamine qu'elle avait envoyée à la recherche d'informations pénétra alors dans l'auberge, suivie d'un vieil homme. L'homme âgé vint jusqu'à eux et les salua d'un mouvement de la tête.

— Patchy, Opale est à la recherche de jumeaux qui ont débarqué il y a quelques jours. Tu les as vus repartir ?

— I'zont partis hier zoir sur leur sloop. I z'étaient bien chargés, i't'naient à peine sur leurs guiboles…

— Quelle direction ? l'interrompit Opale, qui n'était pas vraiment intéressée par les bavardages hors sujet du vieillard.

— Au nord, z'avaient les voiles bleues, comme les navires de Bans. Z'On en avait plus vu ici depuis des ziècles !

Mousse, Ténor et Vans se regardèrent. Ils n'étaient pas retournés dans les îles du Nord depuis la disparition tragique d'Aléanore. Opale, elle, n'en avait que le souvenir de ce qu'on lui avait conté. Son père avait toujours refusé de retourner dans ces eaux, ce qu'elle avait toujours compris aisément. Elle supposait que ce souvenir malheureux le hantait encore après des années. Personnellement, se rendre là-bas n'était pas un problème, même si elle savait que son équipage, qui pour la plupart avait vécu la tragédie, ne serait pas forcément du même avis.

— Avec un sloop, ils ne peuvent pas traverser la mer des quatre eaux, se mit à réfléchir à haute voix la jeune femme. Ils vont forcément rejoindre un navire plus gros…

— Alors, il faut partir dès maintenant. Mieux vaut les récupérer avant qu'ils y parviennent, trancha Vans en se levant, suivi dans la foulée par les autres compagnons.

— Je ne souhaite pas qu'on se précipite sans y réfléchir, rétorqua-t-elle un peu froidement au maître de l'équipage.

Celui-ci, bien que ne comprenant pas sa réaction, hocha la tête pour lui signifier qu'il se plierait à ses ordres. Elle remercia

Gretta qui la prit encore une fois dans ses bras. L'aubergiste la retint quelques secondes avant qu'elle ne s'éloigne pour rejoindre les autres.

— Opale, dis-moi, qui est-ce ? demanda-t-elle en désignant discrètement Valère.

— Il nous a engagés pour une mission. Bon sang, Gretta, pourquoi t'intéresses-tu autant à lui ?

— Je ressens quelque chose qui ne me plaît pas. Il émane de lui… Elle arrêta de parler en voyant le regard de Valère se poser sur elle. Tu devrais renoncer à cette mission.

Opale, préoccupée, ne laissa tout de fois rien paraître. Mis à part sa proximité avec Tirak, qu'avait-elle pu ressentir qui la pousse à lui donner une telle mise en garde ?

— Mon père a donné sa parole. Je ne peux la trahir.

— Alors, reste sur tes gardes, ma sirène.

— Tu me connais, répondit simplement Opale en lui désignant la lame qu'elle portait toujours sur elle.

Dans un sourire tourmenté, Gretta la laissa quitter les lieux.

Chapitre 10

À peine Opale posa le pied sur le pont du *Blue Whale* que Toren vint à sa rencontre. Elle n'avait pas prononcé une parole depuis leur départ de l'île et avait soigneusement évité de regarder Valère qui était, lui aussi, étonnamment resté silencieux.

— Alors, capt'ne ?

Sans explications, elle lui fit signe de la suivre. Ils pénètrent à l'intérieur du bateau et traversèrent la coursive qui menait à la cabine d'Opale, qui avait refusé de récupérer celle de son père. Tel un mausolée, personne n'avait déplacé le moindre objet depuis qu'il les avait quittés. Une fois à l'intérieur, Toren, en attendant qu'elle s'exprime, s'attela, comme il le faisait pour Keran, à allumer les quelques lanternes qui permettaient, malgré la présence du jour à l'extérieur, de rendre les lieux plus lumineux. Opale déboutonna sa veste, se débarrassa de ses armes et s'assit sur le fauteuil de bois sculpté qui avait appartenu à son grand-père.

— Ils ont quitté l'île hier en direction du nord et le sloop avait bien les voiles bleues.

— Le royaume de Ban, prononça, désœuvré, le second.

Opale hocha la tête en guise de réponse.

— Il est techniquement impossible même pour le meilleur des marins de traverser la mer des quatre eaux avec un sloop, n'est-ce pas ?

— Je te le confirme capt'ne. Même ton grand-père n'aurait

pas envisagé une telle folie.

— Ils vont forcément rejoindre un navire plus imposant.

— C'est très probable.

— Vans pense qu'il faut les rattraper avant qu'ils embarquent à bord et atteignent les eaux du royaume de Ban.

— C'est une évidence.

À la réponse de Toren, la jeune femme se renfrogna.

— Alors, toi non plus, tu ne me crois pas capable d'affronter une bataille dans la mer des quatre eaux ? ragea Opale, les poings serrés.

Toren s'approcha d'elle et mit un genou à terre pour se trouver au niveau de son visage. Agacée, Opale tourna la tête pour éviter son regard. Il posa sa main sur sa joue, ce qu'il n'avait pas fait depuis tant d'années. Surprise, elle ne put que se laisser faire. Il braqua alors ses yeux dans les siens.

— Écoute-moi bien, princesse, tu seras le meilleur capitaine que le *Blue Whale* aura jamais eu à sa barre. Ne doute jamais de ce que nous pensons de toi. Je te rappelle que nous t'avons élue. Toutefois, tu dois encore apprendre... Apprendre qu'il est toujours plus prudent d'éviter une bataille que de s'y jeter à corps perdu. Alors, si nous pouvons récupérer cette foutue amulette en affrontant une trentaine d'hommes plutôt que deux ou trois cents et si nous pouvons en plus éviter le royaume de Ban, tu dois écouter Vans. Le *Blue Whale* a une histoire avec ce royaume et demander aux hommes d'y retourner n'est pas conseillé.

Opale savait qu'il avait raison. Elle rêvait d'une grande bataille pour pouvoir asseoir son autorité et prouver ce qu'elle valait. Elle, qui voulait être sûre que son équipage ne s'était pas senti obligé de l'élire capitaine, devait se rendre à l'évidence. Elle ne pouvait pas risquer la vie de ses hommes pour sa propre fierté. Ce n'était pas ce qu'on attendait d'un chef. L'équipage n'avait déjà pas forcément apprécié de devoir travailler pour Tirak, il avait perdu leur capitaine et maintenant si elle exigeait d'eux qu'ils se rendent dans ces lieux qu'ils considéraient pour la plupart comme maudits, elle risquait, fille de Keran et d'Aléanore ou pas, de subir une révolte qui la mènerait à sa perte.

Toren se releva sans perdre Opale des yeux. Elle garda le silence quelques secondes, puis se leva à son tour. Elle se dirigea vers son bureau et se mit à fixer la carte qu'elle avait récupérée dans la cabine de son père.

— Très bien. Direction le nord.

Toren acquiesça d'un mouvement de tête et se dirigea vers la porte de la cabine.

— Attends.

Le second se retourna vers la jeune femme pour écouter ce qu'elle avait encore à lui dire, espérant qu'elle n'avait pas déjà changé d'avis.

— Gretta m'a conseillé de me méfier de Valère.

— Et cela t'étonne ! Tu sais bien qu'elle a un sixième sens et elle ne porte pas Tirak dans son cœur. Elle a dû deviner qu'il n'était pas des nôtres. Je suis certain d'ailleurs que tu n'as pas eu besoin de lui dire pour ton père.

— Oui, elle savait. Je ne suis pas étonnée mais, vois-tu, elle paraissait tout de même très inquiète par rapport à lui et tu la connais, ce n'est pas son genre.

— Tu veux qu'on le mette aux fers, en attendant de savoir ce qu'il peut bien cacher ?

Pour la première fois de sa courte vie, Opale était perdue. Bien sûr, il travaillait pour le roi de Shall, bien sûr, elle sentait qu'il lui cachait quelque chose, bien sûr, elle ne pouvait pas lui faire confiance. Ses manières et son humour l'agaçaient terriblement, mais il lui était impossible de nier qu'il l'attirait terriblement. Elle aurait tellement aimé que son père la guide à cet instant précis.

— Non, mais dis à Trois boutons de garder un œil sur lui en permanence.

Il acquiesça avant de quitter la cabine.

Flaque avait reçu ses ordres et dirigeait maintenant le *Blue Whale* vers le nord. Tandis que Bartholomé, le chef canonnier, faisait vérifier les canons en vue d'une probable bataille, Vans faisait le tour de l'équipage pour donner ses instructions. Toutes voiles déployées, la baleine sculptée sur la proue semblait avoir pris vie et fendait les eaux à vive allure. Opale ouvrit la porte qui menait au pont. Un vent rafraîchissant créé par la seule vitesse du bateau, vint s'engouffrer dans ses cheveux qui se mirent à danser autour de son visage. Des perles d'eau salée l'éclaboussaient légèrement. Elle aimait cette sensation qu'elle avait toujours connue. Ce navire était sa maison, son antre. Elle en connaissait les moindres recoins. Elle pouvait presque communiquer avec lui, tant elle avait foulé son corps de bois, s'endormant souvent, enfant, à même son sol sur le rythme de ses doux craquements. Elle observait les hommes, ses hommes, réaliser leurs tâches avec vigueur. Ils aimaient le *Blue Whale* autant qu'elle. Comme sa mère et son père l'avaient souhaité, ils étaient parvenus à fonder une famille unie et puissante, animée par l'amour des uns et des autres.

Elle monta les escaliers qui la séparaient du quart de pont et vint se mettre à côté de Flaque. Elle adorait cet endroit, regarder l'horizon se rapprocher inexorablement, admirer le rouleau des vagues.

— Pensez-vous que nous les rattraperons ? interrogea une voix qui la sortit de ses pensées.

Valère venait de s'asseoir sur un tonneau de munitions à proximité de la jeune femme. Elle préféra ne pas poser les yeux sur lui, mais finit par lui répondre au bout de quelques secondes.

— Il n'existe pas plus rapide que le *Blue Whale*.

— Les sloops sont pourtant réputés pour leur grande vitesse.

— Il n'existe pas plus rapide que le *Blue Whale*, répéta-t-elle avec la même fermeté.

Valère n'insista pas. Il sortit de sa poche un citron, frotta sa peau contre la toile de son pantalon et croqua tout en grimaçant en réaction à son acidité. Opale réprima un sourire.

— Peur d'attraper une maladie parmi nous ? finit-elle par lui demander.

— Disons que je m'assure tout simplement de rentrer en vie. Si je pouvais dormir dans une cabine plutôt que sur le pont…

— N'y pensez pas. Si vous ne voulez pas mourir, vous devriez plutôt vous entraîner à vous battre !

— Parce que nous allons devoir nous battre ?

— Non, nous allons accoster le sloop, offrir un verre de rhum à l'équipage et ils nous donneront l'amulette volée au roi bien gentiment…

— Vous vous moquez, n'est-ce pas ?

— Votre intelligence explique comment vous êtes devenu le second d'un roi !

Face à la répartie de la jeune femme, Valère afficha un franc sourire.

— Le second, vous me flattez… Je ne suis qu'un de ses hommes parmi tant d'autres.

— Je doute qu'il ait confié la mission de retrouver son amulette à n'importe qui…

— Tiens, je vous intéresse maintenant ?

— Pas vous, mais ce que vous êtes, oui.

— Que vous a dit la charmante Gretta pour que vous vous interrogiez de la sorte ?

— Elle n'a rien eu à dire, hoqueta la jeune femme, surprise qu'il ait pu deviner quoi que ce soit.

— Très bien. Je m'appelle Valère Domliase. Mon père était au service du roi Admese. Quand mes parents sont morts, je me suis retrouvé à l'orphelinat du royaume. J'ai grandi et fini au service de Sa Majesté Tirak. Je ne suis pas en accord avec sa façon de régner mais je lui dois obéissance. Il ordonne, j'exécute…

— Comme un esclave.

— Je pensais pourtant que les pirates comprenaient mieux que quiconque la signification de la loyauté.

— Peut-être que nous n'avons pas la même notion de ce point de vue-là.

— Pourtant, votre père a décidé seul d'accepter cette mission, tout en sachant que vous n'étiez pas d'accord et alors même que le roi a toujours été un de vos plus grands opposants… et vous êtes là à poursuivre ce à quoi il s'était engagé…

— Il était ma famille.

— Et pour moi, le roi m'a offerte la seule que j'ai.

Opale se sentit touchée par cet aveu. Si elle ne portait pas le roi dans son cœur, elle ne pouvait s'empêcher de se dire que ce jeune homme n'avait rien d'autre que cette famille qu'on lui avait offerte.

Chapitre 11

Cela faisait deux jours que le *Blue Whale* naviguait à vive allure à travers les eaux. Le sloop n'était toujours pas en vue et l'embouchure de la mer des quatre eaux approchait à grands pas.

L'inquiétude des hommes du navire de retourner dans le royaume de Ban commençait à se faire sentir. Si ces pirates avaient vaincu les plus vils ennemis, bravé les plus féroces tempêtes, ils avaient envers ce royaume des peurs incontrôlables. Tout devenait alors prétexte à superstitions, les flammes bleutées des bougies, les sifflements des vagues qui pouvaient rappeler le chant des sirènes. Ceux qui avaient vécu la perte d'Aléanore guettaient même le moindre nuage noir, le moindre oiseau de mauvais augure…

Opale tentait de garder la tête froide pour ne pas montrer qu'elle ne savait pas comment réagir face à leurs peurs. Peut-être n'était-elle tout simplement pas prête pour ce rôle qu'elle devait endosser.

— On ne peut pas tout maîtriser, prononça la voix de Valère soudain à ses côtés.

Elle se figea de surprise. Se pouvait-il qu'il ait deviné ce qu'elle pensait ?

— Que voulez-vous dire par là ? l'interrogea-t-elle sans

pour autant se retourner.

— Vous ne pouvez pas maîtriser les peurs des gens.

— Vous avez maintenant le don de lire dans les pensées !

— J'ai simplement le sens de l'observation.

Le capitaine arqua le sourcil attendant qu'il s'explique.

— Depuis deux jours, vous ne dormez pas, rôdant sur le pont, scrutant la moindre réaction de vos hommes…

— Je remplis mon rôle ! objecta-t-elle.

— Vous le faites avec un peu trop de zèle. Vous paraissez inquiète et cela ne peut que les inquiéter eux aussi.

Opale sentit un flot de colère l'envahir. Elle n'avait pas assez de problèmes comme cela pour que cet énergumène vienne en plus lui donner des leçons de morale ? Pour qui se prenait-il pour la juger de la sorte ? Que savait-il de comment diriger un navire ? Elle posa sa main sur sa dague, elle allait le mettre aux fers elle-même ! Cela lui donnerait peut-être l'envie de réfléchir avant de parler !

Elle se retourna vers celui qu'elle avait décidé de traîner par les pieds au fond de la cale. Son cœur se mit à battre plus vite qu'elle n'aurait voulu quand elle fut face à lui. Son regard lumineux, sa chevelure noire bercée par la brise, sa bouche magnifiquement dessinée et cette barbe naissante, qu'il avait dû conserver par obligation, mais qui le rendait plus mystérieux, fit monter en elle le désir de l'emmener dans sa cabine plutôt que dans les bas-fonds du *Blue Whale*. Elle maudit intérieurement son corps de la trahir de la sorte, mais ne put se détacher de son regard.

— Baaatttteeauuuu droit de devant, hurla la vigie avec vigueur.

Il fallut quelques secondes à Opale pour reprendre ses esprits. Elle courut alors vers Flaque. Toren tendit la longue-vue au capitaine qui scruta l'horizon. Le sloop aux voiles bleues se tenait là, à moins de huit ou neuf milles d'eux. Les yeux de la jeune femme se mirent à briller, elle se tourna vers son second en souriant.

— Branle-bas de combat ! hurla Vans à l'équipage.

Une dizaine de mathurins[13] se mirent alors en action. Tous décrochèrent, à vive allure, les quelques hamacs du pont et les regroupèrent dans un coin à même le sol. Les gabiers [14] avaient investi les voiles, vérifiant qu'elles ne pouvaient pas être plus tendues et se tenaient prêts à les carguer [15] pour ralentir le navire afin d'aborder le sloop.

Opale sortit un foulard de sa veste et le noua autour de son front dégageant ainsi ses cheveux. Elle contrôla ses armes avec minutie, glissant deux coutelas supplémentaires à l'intérieur de ses bottes.

Le sloop se trouvait maintenant à proximité. Tout le monde semblait prêt à combattre. Le bateau était bien plus petit, ce qui rendait le combat loin d'être équitable mais Keran avait appris à Opale de se méfier des situations trop faciles. Tandis que les gabiers enroulaient les voiles autour des vergues [16] pour freiner le navire, Méri, la vigie signala un problème.

— Capt'ne, y sont tous morts !!!

Opale crut mal entendre. Par un signe, elle lui fit répéter une seconde fois.

— Y sont tous morts !!!

La jeune femme regarda Toren avec stupeur et se dirigea vers le sloop que ses hommes venaient d'amarrer au *Blue Whale*. Une ambiance de désolation régnait à bord du navire. Des corps ensanglantés aux membres disloqués gisaient sur le pont. Une odeur de sang et de chair brûlée avait envahi les lieux. Vans et quelques hommes venaient de constater le même enfer à l'intérieur du bâtiment. Il n'y avait plus âme qui vive. Opale ne parvenait pas à lâcher des yeux ces cadavres déchiquetés. C'était un véritable carnage.

— Aucun signe des jumeaux ? demanda-t-elle en enjambant les corps.

Ses hommes hochèrent négativement la tête et continuèrent à scruter chaque recoin du bateau.

— Capt'ne, vous devriez venir voir cela, interpella Vans, la tête au-dessus d'un tonneau.

Opale s'approcha et pencha sa tête au-dessus du baril. Avec effroi, elle découvrit le corps d'un homme aux orbites vides et aux deux mains tranchées. Elle avait déjà vu beaucoup d'horreurs et pourtant là, elle s'interrogeait sur ce qui avait poussé des hommes à pratiquer de tels types de sévices.

— Je crois qu'on a trouvé les jumeaux, déclara Vans en désignant une deuxième barrique où un homme ressemblant trait pour trait au précédent cadavre gisait lui aussi dépourvu de ses mains et de ses yeux.

— Des sorciers, prononça Toren stupéfait.

Opale, désorientée, regarda son second sans comprendre.

— Toren, pourquoi penses-tu que des sorciers ont tué ces hommes ?

— Non, je pense que ces jumeaux étaient des sorciers.

— Mais qu'est-ce qui te fait dire cela ?

— Regarde. Il sortit du tonneau la main tranchée d'un des jumeaux, recouverte d'une sorte de poussière orangée.

— Qu'est-ce que c'est ? questionna Opale.

— De la poudre de sorts, lui répondit Vans, devançant alors Toren.

— De la poudre de sorts ?

— Les sorciers utilisaient leurs mains pour jeter des sorts. Ce que tu vois est des résidus de sorts, comme les résidus de poudre, si tu préfères. Je comprends mieux maintenant pourquoi on leur a arraché les yeux et coupé les mains. Ils s'en servaient pour lire dans les esprits des êtres. Leur attacher les mains, leur bander les yeux ou les mutiler étaient les seuls moyens de les contrôler.

— Mais je croyais que les sorciers n'existaient plus.

— Ils n'ont pas tous été tués. Ils existent encore… Preuve en est. Ban a été leur refuge à l'époque des croisades de Tirak.

— On n'a pas trouvé l'amulette, capt'ne, hurla Mousse.

— Pourquoi des sorciers s'intéressaient à ce gri-gri ? Tu penses qu'on les a massacrés pour récupérer l'amulette ?

— Je n'en sais rien. Ils ont peut-être été simplement dépouillés par des pillards et l'amulette a été emportée avec… Mais ce serait une sacrée coïncidence dans ces eaux peu fréquentées.

— À moins que cette amulette n'ait finalement plus de valeur que ce que l'on croit.

— Et seule une personne est capable de nous en dire plus, ragea Opale en détournant le regard vers le pont du *Blue Whale* où Valère se tenait imperturbable devant ce carnage.

Opale se planta d'un air décidé devant lui.

— Qu'avez-vous à nous dire sur cette amulette ?

— Retrouvez-la et vous aurez ce que nous avons promis, répondit l'homme sans autre discours.

Valère eut à peine le temps de finir sa phrase qu'il fut projeté sur le sol et chevauché par la jeune femme en furie, sa dague pointée sur sa gorge.

— On ne s'est pas bien compris. Parlez ou je vous jure

que vous allez connaître des heures de supplice !

— Je vous l'ai dit, cette amulette est un bijou de la famille de Sa Majesté. Elle a une valeur sentimentale, rien de plus.

Elle enfonça un peu plus fermement sa dague.

— Pourquoi ce bijou intéresserait des sorciers ?

— Que sais-je, peut-être une ancienne rancune…

— ARRR !!

Dans un cri de colère, Opale planta sa dague dans le sol à quelques centimètres de l'oreille du jeune homme.

— METTEZ-LE AUX FERS ! hurla-t-elle de frustration.

Drew, le maître d'armes s'avança avec Mouille et Ténor et ils ceinturèrent Valère qui n'opposa pas de résistance.

— Faites ce que bon vous semble mais il faut récupérer cette amulette, Opale, prononça-t-il comme une supplique sans pour autant opposer de résistance.

— S'il y a une histoire de sorciers, je ne prendrai aucun risque supplémentaire pour mon équipage, tout cela pour ce monstre de Tirak !

— Il en va de l'avenir du royaume de Shall.

— Je ne dois rien à ce foutu royaume !

— NAVIRE À TRIBORD !!! alerta Méri du haut de son mât, interrompant ainsi les deux jeunes gens.

L'équipage s'anima à vive allure. Pendant que des hommes ôtaient les grappins pour se libérer du poids du sloop, les canonniers activaient les mantelets[17] de sabord pour laisser sortir les canons. Un navire, toutes voiles dehors, s'approchait d'eux à vive allure.

— Bon sang, comment Méri ne l'a-t-il pas aperçu avant ? ragea Opale.

— Ne sois pas trop dure, regarde le nuage de brume… Ici, ils sont courants. Pratique pour les pilleurs des mers ! le défendit Toren, l'œil vissé à sa longue-vue.

— Il ne ralentit pas, il veut nous attaquer… Tu crois que ce sont eux qui ont affronté le sloop ?

— C'est une certitude.

— Vois-tu le pavillon ?

— Pas encore… mais je connais ce bateau… Le second plissa les yeux. C'est celui du persifleur !

— ARRR ! Ce rat de cale ! Il a dû les suivre depuis l'île verte ! S'il veut la guerre, il va l'avoir !

— PAVILLONNN ROUGEE !!! hurla Méri.

— Il n'y aura pas de coup de semonce, ils vont attaquer.

— BOULLLEEET ! brailla-t-il alors.

Il était trop tard pour l'éviter. Opale, les yeux braqués sur l'objet volant qui arrivait à vive allure, hurla à ses hommes de se cramponner à tout ce qu'ils trouveraient à proximité. À quelques secondes de l'impact, dans un réflexe de protection, elle ferma brièvement les yeux. Aucun bruit, aucun mouvement, aucun cri, ne se fit entendre. Quand ses paupières libérèrent sa vue, ses hommes se tenaient comme statufiés, leurs regards figés vers le boulet suspendu dans les airs à quelques mètres au-dessus du navire. Entouré d'une auréole orangée, il descendit se poser délicatement sur le pont. Ils se tournèrent d'un seul homme vers celui qui venait de protéger le *Blue Whale*. De fines étincelles crépitaient le long des doigts de Valère.

Chapitre 12

Un sorcier, le fourbe… C'était donc cela qu'il cachait depuis le début et que Gretta avait senti. Si le moment n'avait pas été si critique, elle aurait laissé son équipage le mettre en pièces.

Les canonniers du *Blue Whale* répliquèrent à la seconde, touchant alors la voilure principale du *Black Sam*, ce qui freina légèrement son avancée.

— Protégez Flaque ! cria-t-elle à ses hommes, sachant qu'il serait le premier visé par l'attaque. Un bateau à la dérive était plus facilement prenable. Dans la seconde, plusieurs hommes l'encadrèrent.

Pendant qu'une partie de l'équipage se ruait sur ses armes, des mousses amoncelaient instruments de combat et munitions au plus près des guerriers et préparaient des couvertures imbibées d'eau pour parer à tout feu ennemi. D'autres, munis de seaux de sable, s'affairaient à recouvrir le pont pour absorber le sang qui coulerait pendant le combat.

Alors que Valère, à l'aide de sorts, évitait aux boulets d'atteindre les gréements ou les voiles du *Blue Whale,* les canonniers agissaient à un rythme effréné pour mettre à mal le bateau ennemi. Les explosions ininterrompues faisaient trembler les eaux, ballottant vigoureusement les deux vaisseaux. Sur chacun des navires, les combattants se tenaient prêts à charger. Une fois les grappins envoyés, les deux ennemis se réunirent l'un à côté de l'autre. Armés jusqu'aux dents, les pirates de chaque camp se ruèrent les uns sur les autres, envahissant les ponts.

Une bataille sans merci s'engagea, des râles et des cris de douleur emplissant ainsi les airs d'ordinaire si calmes des lieux. Opale, une épée dans une main et une dague dans l'autre, livrait une bataille acharnée. Elle parait avec agilité les attaques, tailladant corps et visages à tout-va, sautant d'un assaillant à l'autre avec une hargne destructrice. Le sang de ses adversaires giclait sur ses vêtements, même son visage en sueur ruisselait du liquide rouge de ceux qu'elle mettait à terre. Elle libérait enfin la colère qu'elle avait enfouie au plus profond de son âme depuis la mort de son père.

Peu importe que ces hommes n'en soient pas responsables, ils avaient voulu la guerre, ils l'auraient. Elle aperçut enfin le capitaine du *Black Sam* au milieu du chaos. Depuis le temps qu'elle voulait lui faire mordre la poussière, le moment était arrivé. Elle s'élança vers lui à toute allure. Elle sauta pardessus des corps, évitant de regarder s'il s'agissait de ses hommes pour ne pas se laisser déstabiliser. Le moment de se recueillir viendrait bien assez tôt. Elle repoussa plusieurs malheureux qui avaient fait le mauvais choix de se mettre sur son chemin. Gisant sur le sol, ils n'auraient plus l'occasion de le faire. Elle était enfin face au persifleur.

— Alors, la donzelle, ton vieux père n'a plus le courage et la force de m'affronter ? la nargua-t-il.

Des images de son père apparurent alors devant ses yeux. Sa colère se mua en une rage inarrêtable. Sans un mot, elle se rua sur lui. Mais le capitaine était loin d'être un piètre combattant, il para avec facilité l'attaque de la jeune femme, reculant d'un pas et lacérant au passage le bras de son opposante. Opale regarda le sang couler le long de sa manche déchirée par la lame.

— Abandonne, donzelle et je te laisserai la vie sauve… et tu auras peut-être le droit de passer dans ma cabine, s'amusa-t-il, en passant sa langue sur ses lèvres en lorgnant ses courbes.

— Va au diable ! vociféra-t-elle en lui crachant au visage.

Le capitaine s'essuya d'un revers de la manche et se précipita sur elle. Il lui asséna le premier coup d'épée qu'elle para avec détermination. Leurs lames s'entrechoquèrent alors dans un incessant duel. Avec une alternance d'une régularité irréelle, elle avançait, il reculait puis ils échangeaient leurs rôles. Comme elle s'y attendait, son adversaire était coriace. Leurs visages, marqués par l'effort, témoignaient des douleurs causées par les blessures que l'autre lui avait infligées. Avec sa jambe pourtant bien entaillée par une nouvelle attaque d'Opale, le persifleur revint à la charge en portant un énième coup d'épée qu'elle bloqua une fois encore, non sans mal.

La fatigue commençait à se faire sentir, mais il était hors de question qu'elle abandonne. Elle irait jusqu'au bout et lui ferait avaler sa langue de vipère après l'avoir coupée. Aveuglée par la rage, elle en avait oublié les conseils de son père et occulté son adage « laisse ton adversaire s'épuiser et analyse ses mouvements. Ils sont toujours identiques, repère ses faiblesses et tu vaincras. »

Comme il lui avait appris, elle fit le vide autour d'elle. Elle n'entendait plus rien, il n'y avait plus qu'elle et lui. Elle le regardait virevolter, analysant chacun de ses pas, cherchant des stratégies qui pourraient enfin lui permettre de mettre fin à ce combat. Trois pas à droite, mouvement du bras, frappe, frappe… Deux pas à gauche, diagonale, frappe, frappe. Opale avait compris. Elle évita son assaut une nouvelle fois, repéra un cordage et sauta pour l'atteindre. Elle s'agrippa à lui et d'un bond poussa son adversaire contre le mât. La tête du capitaine heurta le bois dur. L'arcade ouverte sous le choc, son ennemi tituba, la vision obturée par le sang qui coulait à flots le long de son visage. Opale saisit ce moment pour se ruer vers lui et planta avec force sa dague à l'endroit de son cœur. Le regard de son adversaire se figea d'effroi. Le goût ferreux du sang se répandit dans sa bouche entrouverte. Tous ses membres se mirent alors à trembler. Ses mains ne pouvaient plus retenir ses armes qui tombèrent lourdement sur le sol. La vie quittait son corps. Le capitaine du *Black Sam* n'était plus.

— LE PERSIFLEUR EST MORT ! annonça dans un cri de délivrance l'un des hommes d'Opale.

— LE PERSIFLEUR EST MORT ! répéta-t-il avec force pour être entendu de tous.

Comme une traînée de poudre, l'annonce du décès du capitaine du *Black Sam* fit le tour des combattants. Les uns après les autres, jetant leurs armes au sol, des hommes de l'équipage qui les avait lâchement attaqués abandonnèrent la bataille. Seuls quelques derniers acharnés continuèrent à se battre jusqu'à leur dernier souffle.

Le silence d'après bataille s'installa alors sur les deux bateaux. Le bruit des épées s'entrechoquant avait laissé sa place au râle des blessés. Opale s'assit sur un tonneau à côté de celui qu'elle avait mis à mort. Elle retrouvait peu à peu son souffle et son regard commença à balayer les lieux. Elle savait qu'elle avait perdu des hommes. Elle savait qu'elle allait encore une fois faire face. Dusty, un jeune mousse que son père avait sauvé de la noyade près d'un navire saccagé, était étendu sur le sol. Auprès de lui, Vans, les mains couvertes de son sang, venait de lui fermer les yeux. Mousse se tenait le bras, tandis que Ténor lui faisait un garrot avec un morceau de sa chemise.

— Tu t'es bien battue, capt'ne, prononça Ténor avec une certaine fierté dans la voix.

Opale lui fit un signe de la tête. Une façon pour elle de le remercier.

— Viens, le chirurgien va soigner tes blessures.

— Qu'il s'occupe des autres d'abord. Je n'ai rien que je ne puisse supporter.

Elle se leva, traversa le pont du Blake Sam, où les morts partageaient leurs places avec ceux qui avaient abandonné la bataille et enjamba le bastingage pour retourner à bord de son navire.

Sur les ordres de Vans, les hommes encore valides avaient commencé à fouiller le bateau ennemi. Un à un, ils apportaient le butin sur le pont ensanglanté, déposant leurs trouvailles au pied du grand mât. Opale espérait qu'ils récupèreraient cette foutue amulette, ce qui mettrait enfin un terme à cet accord que son père avait passé avec Valère. Les yeux emplis de colère, elle se dirigea vers l'endroit où elle l'avait laissé avant la bataille. Peu lui importait qu'il les ait aidés, de toutes les façons, il n'avait pas d'autre choix, il leur avait menti et leur cachait encore des choses, de cela elle en était certaine.

Elle aperçut alors son corps, allongé sur le sol, face contre terre, à côté de Flaque qui tenait la barre malgré un bras ensanglanté. Le voyant ainsi, à l'encontre de sa raison, son cœur s'emballa. Il ne pouvait pas être mort. Elle s'approcha lentement de son corps immobile, elle posa un genou à terre et d'une main qu'elle n'aurait pas voulue tremblante, elle frôla sa chevelure noire trempée par les eaux salées de la mer. Elle n'osait pas retourner son corps de peur qu'il ne lui donne la preuve qu'il n'était plus. Pourquoi cet homme qui lui tapait sur les nerfs et, avec lequel, elle n'avait absolument rien en commun, la rendait-il si faible ? Elle resta, quelques secondes, interdite.

— Il n'est pas mort, capt'ne. Juste évanoui, lui annonça l'un des hommes qui avaient protégé Flaque avec le sorcier.

Si elle avait pu, elle aurait poussé un soupir de soulagement. Elle sentit la boule qui s'était immiscée au creux de son estomac s'évanouir petit à petit. Il était encore en vie. Elle se redressa alors et reprit son air piquant.

— Sa Seigneurie n'a pas supporté la bataille ! s'amusa-t-elle.

— En réalité, il s'est épuisé, lui répondit, avec grand sérieux, le chirurgien qui s'approchait d'Opale pour constater ses blessures.

— Que veux-tu dire, doc ? questionna la jeune femme qui ne semblait pas comprendre ce que tout cela signifiait.

— Il a utilisé beaucoup d'énergie pour protéger Flaque avec sa magie. C'est un homme jeune et qui ne doit pas souvent pratiquer, cela a dû beaucoup lui coûter, répondit-il tout en examinant la blessure de la jeune femme.

— Et donc ? Que doit-on faire ?

— Rien. Il doit se reposer et il se réveillera un jour.

— Un jour ! Un jour, quand ?

— Ça, capt'ne, je n'en ai aucune idée… La magie et moi…

Opale maugréa quelques paroles incompréhensibles puis interpella Faluche et le rasé.

— Attachez-lui les mains et descendez-le dans la cale.

Le chirurgien parut étonné de sa décision mais continua à panser les plaies de la jeune femme sans dire un mot. S'étant aperçue de son incompréhension, elle se sentit contrainte d'expliquer sa décision.

— C'est un sorcier, doc. Il nous a peut-être aidés mais je ne peux m'empêcher de croire que c'était pour se protéger lui-même. J'ai besoin de savoir pourquoi un sorcier travaille pour Tirak et pourquoi il veut absolument retrouver cette amulette ! Je ne risquerai pas plus la vie de mon équipage pour lui.

L'homme fit un signe de la tête pour lui signifier qu'il

entendait sa décision sans pour autant la comprendre. Faluche et le rasé soulevèrent le jeune homme sans difficulté et l'emmenèrent à l'intérieur du navire.

— On l'a trouvée, capt'ne ! hurla Vans en montrant l'objet recherché, arraché du cou du persifleur.

Il tenait dans sa main une chaîne au bout de laquelle pendait le bijou en question. Opale s'avança vers lui et le prit dans ses mains. L'amulette ressemblait assez précisément au dessin qu'en avait fait Valère. Un coquillage en forme de buccin taillé dans une pierre dorée, inconnue aux yeux d'Opale, sur lequel on pouvait distinguer des traits et des points disposés dans une symétrie parfaite. Elle retourna l'objet plusieurs fois à l'intérieur de sa main, cherchant en quoi il pouvait être aussi important pour le roi et, elle devait bien l'avouer, en dehors du fait qu'il était plutôt joli, elle n'en avait pas la moindre idée.

La seule personne qui pouvait maintenant répondre à cette question était enfermée dans les cales de son bateau et nul ne pouvait savoir quand il allait reprendre ses esprits.

Chapitre 13

Opale s'était enfermée depuis des heures dans sa cabine. Si elle avait l'habitude de la rudesse de la vie de pirates, elle avait besoin de se retrouver seule un moment pour réfléchir.

Plusieurs de ses hommes avaient péri lors du combat et l'on venait de confier leur corps au dieu des mers. Un certain nombre d'autres, blessés, avaient besoin de repos. Quant au bateau lui-même, il avait subi quelques dégâts. Quelques jours seraient nécessaires pour vérifier qu'il avait la capacité de retourner à Shall, ou, tout du moins, d'aller jusqu'à l'île verte.

La jeune femme, en accord avec Toren, avait pris la décision de rester à l'endroit de la bataille, même si tous n'avaient qu'une envie, c'était de s'éloigner de l'embouchure de la mer des quatre eaux et à fortiori du royaume de Ban. Assise sur le fauteuil du capitaine Snow, feu son grand-père, elle observait avec attention le bijou qui attisait tant de convoitise. Car, même si l'attaque du persifleur n'était probablement qu'une coïncidence, que des sorciers qui n'avaient plus fait parler d'eux depuis des années viennent jusqu'à Ban pour dérober un si insignifiant objet n'était pas logique. Elle avait beau le tourner, le retourner dans ses mains, le soupeser, le secouer, le faire passer au-dessus d'une flamme pour voir si des mots apparaissaient… rien ne se produisait. Agacée, elle le posa sur la table face à elle. Et ce foutu Valère qui roupillait au fond de la cale !

Elle sortit de ses pensées quand Toren frappa à la porte de

sa cabine. Elle se leva, ouvrit et lui fit signe d'entrer.

— Comment vas-tu, capt'ne ?

— Mieux que Dusty, Feruche, Ratch et les autres. Je n'aurais jamais dû venir ici, ragea-t-elle.

— Ne sois pas trop dure avec toi. Dans chaque combat, il y a des pertes.

Elle soupira devant la sagesse de son second.

— C'est toi qu'ils auraient dû choisir comme capitaine, souffla-t-elle en se rasseyant.

— Cela n'aurait rien changé.

— Ou bien cela aurait tout changé !

— J'aurais pris les mêmes décisions que toi. Rien ne justifie que tu te flagelles de la sorte. Tu es une Everley et une Snow ! Les Everley et les Snow ne baissent jamais les bras. Les Everley et les Snow assument et se relèvent ! déclara-t-il, cette fois, avec fermeté.

Opale le regarda, surprise. La dernière fois qu'il avait dû lui parler de la sorte, elle devait avoir une dizaine d'années et venait de rater pour la cinquantième fois la cible du tonneau au lancer de dague.

— Depuis quand un second se permet un tel ton avec son capitaine ? le questionna-t-elle avec une certaine ironie dans la voix.

— Depuis que le capitaine pleure sur son sort ! répondit-il semi-amusé.

— Mon père t'aurait botté les fesses pour moins que cela.

Il se retourna et tendit son postérieur à la jeune femme.

— Il aurait essayé mais n'avait pas les jambes assez longues, veux-tu tenter ta chance ?

Opale éclata de rire.

— Même si une Everley-Snow ne renonce jamais, cette

fois, je ne vais pas essayer… J'ai assez de blessés comme cela pour ne pas avoir en plus mon second qui ne peut plus s'asseoir !

Toren se redressa, le sourire aux lèvres.

— Un petit verre de rhum te ferait plaisir ? demanda Opale en se dirigeant vers la bouteille qu'elle gardait précieusement quand son père venait lui rendre visite.

— Bougre, j'attendais cela depuis que je suis arrivé !

L'homme prit place en face du fauteuil d'Opale. Elle remplit deux gobelets, lui en tendit un et vint se rasseoir.

— Comment va le bras de Mousse ? s'enquit-elle.

— C'est un grand gaillard. Tant qu'il peut encore trinquer avec Ténor, tout va pour le mieux, se moqua-t-il.

Ses yeux se posèrent alors sur la manche déchirée de la jeune femme. Il constata que le bandage que lui avait fait le doc avait pris la couleur du sang.

— Et toi, ça va ? Tu ne veux pas qu'on te fasse un nouveau bandage ?

— Non, ça va aller. Je suis une grande gaillarde, moi aussi, fit-elle semblant de s'offusquer.

— Je n'en doute pas !

Machinalement, elle frôla avec délicatesse sa peau juste au-dessus de sa blessure.

— Il n'a pas été touché, la rassura-t-il en observant le dessin qu'elle avait sur son bras.

— Oui, je sais… Toren, dis-moi. Papa ne m'a pas raconté tout cela pour me faire plaisir n'est-ce pas ?… Elle avait vraiment la même marque que moi sur le bras ? Parce que, vois-tu, c'est tout ce qui me rattache à elle.

— Ton père n'a rien inventé. Vous aviez toutes deux la

même tache de naissance… Ta mère disait, à qui voulait l'entendre, qu'elle était sûrement la descendante d'une sirène pour avoir un tel dessin en forme d'écailles sur le bras ! Personne n'aurait osé la contredire, se mit-il à rire.

Opale lui répondit par un sourire. Toren prit alors l'amulette posée sur la table et se mit à l'observer.

— As-tu trouvé quelque chose ?

— Franchement, rien. Ce truc semble on ne peut plus banal. Je me demande ce qui peut faire que des sorciers ont voulu s'en emparer.

— Il y a forcément quelque chose. Ils n'auraient pas pris le risque de revenir à Shall.

— Ce fourbe de Valère va devoir nous dire la vérité, cette fois !

— Ou bien…

— Ou bien...

— … On l'abandonne sur l'île verte avec son amulette et on se fait oublier pour un temps.

Avec un certain étonnement, Opale considéra son second qui cédait rarement à l'inquiétude. Comment lui avouer que sa curiosité avait été piquée ? Comment lui avouer que cet homme l'attirait irrémédiablement, alors qu'à cause de lui ils venaient tous de perdre des amis, des frères… Une certaine honte s'empara d'elle. Elle se leva et se dirigea vers le chapeau de son père qu'elle gardait précieusement près de son lit.

— Je sais que ce serait la meilleure chose à faire… mais mon père pensait qu'il fallait accepter cette mission... Il avait senti quelque chose et je ne sais pas… j'ai l'impression que… Tu penses que nous avons perdu la tête ?

— Écoute, ton père et toi avez bien des défauts mais vous

n'avez jamais été fous. Par contre, tu dois savoir que tous les anciens sur le *Blue Whale* ont une peur terrible des sorciers, si tu leur ordonnes d'entrer sur le territoire de Ban, tu risques une mutinerie de leur part et je crains que tous les coups de fouet du monde ne puissent leur faire changer d'avis.

Opale le considéra une nouvelle fois avec une certaine inquiétude.

— Et toi, me suivrais-tu ?

— Tu sais bien que oui.

La jeune femme se sentait une nouvelle fois perdue.

— Je sais seulement que ma mère est morte là-bas mais j'ai besoin de connaître comment cela s'est passé. Il a toujours refusé de m'en parler… J'ai besoin de comprendre, Toren.

Le second ne répondit pas immédiatement. Pour Keran, revivre ce moment était comme mettre du rhum sur une plaie ouverte. Mais maintenant, elle devait être éclairée sur la vérité… Tout du moins sur ce qu'il en savait.

— Il fut un temps où nous parcourions les mers de tous les royaumes. Ban, bien sûr, en faisait partie. Rien ni personne ne nous faisait peur et les histoires des différents royaumes étaient bien le cadet de nos soucis. Quelques années avant ta naissance, à la mort du prince Phagor puis du roi Admese, les sorciers, qu'on disait responsables de leurs morts, ont été combattus par les armées de Tirak. N'étant pas des guerriers, beaucoup sont morts et les autres se sont réfugiés sur le territoire de Ban. Cela ne changeait pas grand-chose pour nous. Nous continuions à naviguer, allant d'un lieu à un autre… Les sorciers avaient toujours été pacifistes et, je te l'avoue, personne n'a jamais su ce qu'il s'était passé. Un jour, ton père est tombé gravement malade. Le chirurgien ne parvenait pas à le guérir. Son corps bouillait de l'intérieur et il a commencé à vomir du sang noir comme le bois d'ébène.

Ta mère est donc allée trouver un sorcier sur l'île de Ban. Il avait la réputation d'être un grand guérisseur et la potion qu'il a donnée à ta mère a sauvé la vie de ton père.

— Je ne comprends rien. Si un sorcier de Ban a sauvé mon père… Pourquoi alors les anciens refusent d'y retourner…

— Laisse-moi finir mon histoire. Un soir, ta mère est venue me voir sur le pont. Elle m'a dit que quelque chose allait lui arriver un jour et que je devais lui faire la promesse d'empêcher Keran d'essayer de la sauver…

— Comment cela ?

— Elle n'avait pas obtenu la potion sans contrepartie. Elle a donné sa vie pour sauver celle de ton père.

Les yeux écarquillés devant celui qui venait de lui apprendre le pire des secrets, Opale hoqueta de surprise.

— Je… je ne… comprends pas…

— Elle savait qu'un jour, quelque chose ou quelqu'un viendrait la chercher… et qu'elle ne serait plus, mais c'était son choix.

— Mais pourquoi ? Pourquoi prendre la vie de ma mère ?

— Ça, elle ne le savait pas elle-même… répondit-il tristement.

Ému, le second lui conta alors le jour où les océans déchaînés emportèrent Aléanore. La jeune femme entendait pour la première fois ce funeste récit. Elle eut du mal à retenir ses larmes. Tout s'expliquait enfin.

— Un éclair et tout est redevenu calme ? C'est impossible.

— C'est de la sorcellerie, Opale… de la sorcellerie…

— Mais pourquoi des sorciers auraient-ils voulu tuer ma mère ? Quel danger pouvait-elle représenter pour eux ?

— Je te l'avoue, je n'en ai pas la moindre idée.

— Cette histoire est folle.

— Je ne peux pas te dire le contraire.

Elle se dirigea alors vers la porte et ouvrit à Vans qui venait de frapper.

— Le sorcier s'est réveillé, leur annonça-t-il.

Elle regarda Toren, prit le collier dans ses mains et sortit de sa cabine, bien résolue à obtenir la vérité.

Chapitre 14

D'un pas décidé, Opale s'enfonça dans les bas-fonds du *Blue Whale*, suivie de près par Vans et Toren. Si l'humidité et le noir rendaient les lieux plutôt lugubres, cela n'avait jamais effrayé la jeune femme qui, petite, aimait venir y jouer au grand dam de son capitaine de père. Seuls le bruit de leurs pas et le craquement de la coque sous le joug de l'eau brisaient le silence des trois pirates.

À peine avaient-ils passé la cale aux poudres que Vans attrapa soudainement le bras de la jeune femme, l'arrêtant dans son élan.

— Qu'est-ce qu'il se passe ?

— Quoi qu'il te promette, on ne le détache pas…

— Tu m'arrêtes pour me rappeler une évidence, s'agace-t-elle.

Vans posa sur la jeune femme un regard à la fois gêné et perplexe. Toren ne disait mot mais lui semblait comprendre où l'homme voulait en venir.

— Peux-tu me dire ce que signifie ce regard ! s'offusqua-t-elle alors.

Pour la première fois, Vans semblait terriblement mal à l'aise. Il chercha de l'aide auprès du second qui ne lui accorda qu'une moue amusée.

— Je…

— Tu ?

Opale se retourna vers Toren.

— On peut savoir ce qu'il se passe ?

Pris de pitié pour le chef d'équipage, Toren finit par lui répondre.

— Vans semble penser que, peut-être, tu pourrais avoir envie de le détacher.

— Oui, cela j'avais bien compris. Et pourquoi ferais-je cela alors que tu m'as expliqué que leurs mains étaient un outil de leurs pouvoirs ? ragea-t-elle en dévisageant les deux hommes.

— Eh bien, Vans, un peu de courage, dis-lui…

Pour la première fois de sa vie, Opale le vit rougir.

— Parle, lui hurla-t-elle alors, impatiente de se rendre auprès du prisonnier.

— Je ne voudrais pas que tu te laisses…

— Que je me laisse ?! Bon sang, Vans, tu commences à m'énerver, arrête de tourner autour du pot !

Cette fois, Toren apporta son aide à Vans.

— Nous ne voudrions pas que tu te laisses guider par tes sentiments…

Le regard de la jeune femme s'agrandit et ses joues s'empourprèrent instantanément. Elle venait de comprendre ce que les deux hommes étaient en train d'évoquer.

— Parce que vous croyez que… ? Non mais vous délirez ! Je... mais…

Opale ne parvenait plus à s'exprimer. Elle se sentait comme prise dans des filets. Elle refusait de s'avouer que, pour une raison qui lui était inconnue, Valère l'attirait. Lui, le sorcier. Lui, l'homme de Tirak. Elle pinça ses doigts sur l'arrête de son nez se donnant, ainsi, un instant de réflexion.

— Je ne le détacherai pas, finit-elle par affirmer froidement.

Elle se dirigea vers la cale où l'homme était enfermé. Elle poussa la porte en bois et pénétra dans la pièce sommairement éclairée. Elle passa derrière quelques tonneaux de vivres entreposés et aperçut une ombre derrière une grille. Valère, les yeux bandés et les mains attachées dans le dos, était adossé contre la paroi du navire. Souillée de sang et de poudre, mouillée par l'humidité des lieux, sa chemise avait perdu de sa blancheur. Ses cheveux sales collés à son visage, il restait aussi immobile que silencieux. Au bout de quelques instants à le fixer sans rien dire, elle observa un léger rictus se dessiner aux bords de ses lèvres.

— Je constate que vous m'avez finalement fourni une cabine pour moi tout seul, finit-il par prononcer d'une voix calme.

Comment pouvait-il faire de l'humour alors qu'il était emprisonné dans la cale de pirates qui ne rêvaient probablement que de le mettre à l'eau ? Il était difficile à Opale de se l'avouer, mais elle aurait pu faire preuve de la même répartie et c'est probablement cela qu'elle appréciait en lui. Car, oui, elle devait être honnête, cet homme lui plaisait.

— Ravie que vous l'aimiez, ironisa-t-elle.

— Je n'irais pas jusque-là. Quoique, si je pouvais la voir, je découvrirais peut-être qu'elle est magnifique.

— N'y comptez pas trop !

— Alors je vais continuer à l'imaginer. M'ôter ce bandeau vous fait peur ?

— Je n'ai peur de rien ni de personne. Je vous traite simplement comme tous les prisonniers.

— Je n'ai pourtant pas l'impression qu'il y a d'autres personnes avec moi ici, où sont les hommes du persifleur ?

— Ceux qui ont cessé le combat ont eu la vie sauve et

nous les avons laissés repartir.

— Vous les avez laissés repartir ! Vous êtes donc des pirates au grand cœur ?

— Le *Blue Whale* a toujours su être juste…

— Parce que vous trouvez juste de mettre en cale quelqu'un qui s'est battu à vos côtés ?

— Si vous parlez du traître et menteur de sorcier qui nous a envoyés chercher un objet qui n'a visiblement pas qu'une valeur sentimentale, oui.

— Auriez-vous accepté si vous aviez su qui j'étais ?

— Non.

— Donc vous comprenez pourquoi je n'ai rien dit ?

— Pas plus… Mais je veux savoir pourquoi vous nous avez caché ce que vous étiez et pourquoi des sorciers ont volé cet objet ?

Elle laissa glisser la chaîne à l'intérieur de sa main et la retint avant qu'elle ne tombe au sol.

— Je ne peux rien vous dire. Faites de moi ce que vous voulez…

— Quel beau courage ! Vous ne devriez pas me tenter !

— Par quoi êtes-vous tentée exactement, jolie Opale ? lui demanda-t-il dans une voix qu'elle ne lui connaissait pas.

Muette de surprise, le teint de la jeune femme se mit à prendre la couleur du sang.

— Vous devriez parler. Les pirates n'ont pas la réputation d'être très patients, interrompit Toren qui sentait qu'il parvenait à déstabiliser la jeune femme.

— Ah, il me semblait aussi que vous n'étiez pas venue seule… Je ne peux rien dire. Vous êtes des hommes d'honneur et bien, moi aussi !

— Très bien. Vous savez quoi, je crois que cette amulette va découvrir le fond des océans et vous aussi ! déclara Opale en se dirigeant vers la sortie.

— Attendez. Vous ne comptez pas faire cela ! s'exclama alors Valère dans une voix tout à coup bien moins assurée.

Elle avait touché un point sensible et était bien décidée à enfoncer le couteau plus profondément.

— Ce truc nous a causé assez de problèmes et soyons clair, de ce que j'en vois, il ne pourra pas nous rapporter grand chose. Comme je n'ai aucune confiance en votre roi et que je ne crois pas une seule seconde à cette histoire de pièces d'or et d'immunité…

— … Pourtant votre père y croyait. Iriez-vous contre la parole qu'il m'a donnée ? coupa-t-il de plus en plus inquiet.

— Mon père, pour je ne sais quelle raison, sentait qu'il devait retrouver cet objet mais il n'était pas question d'argent… et puis, je décide de reprendre sa parole car votre parole ne vaut rien à mes yeux. Ce bijou plaira sûrement aux poissons !

Elle ouvrit la porte suivie de Toren et Vans.

— Ne jetez pas l'amulette ! Ne faites pas cela !

— Je préfère encore qu'elle finisse au fond des océans que de la rendre à Tirak !

— Je me moque de Tirak ! CONSERVEZ L'AMULETTE !

Les trois pirates se retournèrent d'un seul homme.

— Comment cela, vous vous moquez de votre roi ? Qu'est-ce que vous racontez ? le somma Toren de répondre.

— Vous croyez vraiment qu'un sorcier puisse aider le roi qui a voulu exterminer ses semblables ?

Cette fois, ils ne comprenaient plus rien.

— Palsambleu[18], cette fois, il va falloir parler ! ragea Vans qui sortit son sabre de son fourreau.

Opale leva sa main devant lui pour l'arrêter.

— Le roi ne sait rien de cette mission, c'est cela ? interrogea la jeune femme.

Valère conserva le silence.

— JE VOUS AI POSÉ UNE QUESTION !

Une détonation sourde se fit entendre, secouant brutalement le bateau. Ils étaient une nouvelle fois attaqués.

Chapitre 15

Dix ans plus tôt au royaume de Shall.

Assis sur un petit tabouret de bois, au centre de l'armurerie, Valère nettoyait consciencieusement les épées qu'on lui avait confiées.

Le jeune domestique mettait du cœur à l'ouvrage pour satisfaire le commandant dans l'espoir d'intégrer un jour l'armée d'élite de Sa Majesté Tirak. La nuit était bien avancée et c'était, pour ce garçon, le moment préféré de la journée. Seul, le feu crépitant dans la cheminée, il n'écoutait que le bruit sourd de la brosse frottant la lame pour lui rendre son éclat.

Soudain, dans un cri, il lâcha l'épée qu'il avait dans les mains pour se tenir le visage. Une douleur insoutenable venait d'envahir l'intérieur de sa tête. Un flot de sons aigus lui parvenait comme des frappes. Puis, plus rien. Le jeune garçon, nauséeux, ouvrit avec difficulté les yeux que la souffrance lui avait fait fermer. Il resta interdit face à ce qui se produisait devant lui. Du bout de ses doigts crépitait une légère lumière orangée. Les mains tremblantes, il n'osait plus bouger d'un millimètre. Il craignait de comprendre ce qu'il était en train de lui arriver. Comment tout cela pouvait-il être possible ? Lui… se pourrait-il qu'il soit un sorcier… ? Il n'y en avait plus un seul dans le royaume et ses parents, des apothicaires, avaient d'ailleurs été victimes de leurs mains… enfin pour ce qu'on lui avait raconté.

À l'orphelinat, on leur avait appris l'histoire du royaume et des sorciers maléfiques qui avaient semé la mort. Le roi

Tirak, qui avait perdu son père et son frère dans la bataille, avait lancé des croisades contre eux et avait finalement gagné.

Il savait qu'une lueur orangée s'échappait de leurs mains et leur permettait de réaliser des choses extraordinaires. Le jeune garçon ferma ses poings, éteignant ainsi le rayonnement qui sortait de ses doigts. Doucement, il les réouvrit et le crépitement apparut une nouvelle fois. Il se sentait perdu. Seul face à lui-même et à un phénomène qu'il ne savait pas contrôler. Ce pouvoir naissant le mettait en danger de mort. Il ne voyait absolument personne à qui se confier. S'il était vraiment ce qu'il croyait être, un sorcier, il allait devoir se débrouiller seul pour ne pas se faire remarquer. Pour la première fois de sa courte existence, il sentait le besoin d'en savoir plus sur son passé. Il pensa alors à la maison de ses parents. Si elle existait encore, elle était sûrement devenue possession du royaume quand l'armée l'avait confié à l'orphelinat. Et, si elle n'avait pas été détruite ou donnée à une autre famille, il lui serait peut-être possible qu'il y trouve quelque chose qui pourrait le guider vers qui il était.

Retrouver la maison familiale n'avait pas été une mince affaire. Il avait dû user de tous les subterfuges pour consulter les archives de l'orphelinat. Heureusement que le frère Hansel, le détenteur des registres, était un bon mangeur. Il suffit à Valère de subtiliser une assiette de victuailles à la cuisine et de la poser sur le bureau du gourmand pour qu'il s'endorme dans une bonne sieste d'après repas. Le champ libre, il se mit à tourner les pages dans l'espoir d'avoir le temps de trouver quelque chose qui puisse l'aiguiller avant que le ripailleur n'ouvre les yeux. Il remercia intérieurement les coups de trique du frère Armandui quand, lors de ses heures d'apprentissage, il rechignait à effectuer ses exercices de lecture. Il finit par trouver l'année de la mort de ses parents mais il y avait tellement de noms que le travail était fastidieux. Et si son vrai nom n'était pas Valère Domliase ? Et si ce qui était écrit sur le parchemin posé à côté de lui sur les marches de l'orphelinat n'était qu'un tissu de mensonges ? Il n'y avait jamais vraiment pensé... Il continua à parcourir les lignes, jetant des coups d'œil réguliers au frère endormi sur son fauteuil. Les noms défilaient et sa famille n'apparaissait toujours pas. Il commençait à désespérer quand le métier d'apothicaire apparut enfin, à côté du nom de sa famille, Domliase. Il sentit un pincement, réalisant pour la première fois qu'il regrettait de ne pas les avoir connus. Ce n'était pas le moment de perdre pied. Il nota dans un coin de sa tête le lieu-dit indiqué sur le registre.

Valère, enroulé dans un manteau noir emprunté à l'un des pères de l'orphelinat, marchait dans la ville endormie. Il s'était faufilé hors de l'établissement en espérant que son absence ne sera pas remarquée. Les cellules de l'orphelinat n'étaient pas franchement ce qu'il affectionnait le plus et si le commandant de la garnison où il travaillait était, en plus, mis au courant, il s'assurerait des jours difficiles. Il tournait déjà depuis plusieurs heures, se demandant s'il allait enfin finir par trouver la maison de son enfance.

Le lieu-dit indiqué n'était pas un endroit qu'il connaissait. Il allait se résigner quand il entra dans une rue dont les maisons délabrées offraient un bien misérable spectacle. Il avança de quelques mètres quand son pied buta contre un morceau de fer rouillé. Son regard se posa sur les lettres qui y étaient gravées. Il avait du mal à toutes les distinguer. Il alluma alors la petite lanterne qu'il avait apportée et que, jusque-là, il avait préféré garder éteinte pour plus de discrétion. Il se baissa, essuya de la main la mousse et les salissures qui s'étaient accumulées depuis des années, et put enfin déchiffrer le mot «apothicaire». Il leva les yeux en direction de la vieille bâtisse de bois et de pierres. II était cette fois au bon endroit. La maison de ses parents se trouvait là.

La porte, fortement moisie par l'humidité et laissée à l'abandon, paraissait toutefois encore intacte. Il la poussa et, par chance, elle ne résista pas. Il pénétra, saisi d'une certaine appréhension. Et si cette visite ne lui apportait pas plus de réponses ? Vers qui pourrait-il dès lors se tourner ? Devrait-il fuir comme les autres avaient fait ?

Une odeur désagréable se dégageant des lieux lui donna un haut-le-cœur. Un mélange de pourriture et de bois brûlé avait envahi la pièce qui, au vu de son état, n'avait reçu aucune visite depuis le décès de ses parents. La lanterne tendue devant lui, le jeune homme balaya l'endroit du regard. Sur une vieille table de bois, traînaient encore de petites fioles de verre, certaines brisées et d'autres encore intactes.

Valère en nettoya une avec le revers de sa main, parvenant à déchiffrer un mot qui lui était inconnu. Il secoua le récipient. Il s'agissait probablement d'herbes, tout du moins ce qu'il en restait. Rien de très étonnant finalement chez un apothicaire, pensa-t-il. Dans une sorte de vaisselier aux vitres également brisées, il aperçut les mêmes types de flacon et quelques ouvrages. Il en tira un vers lui, la poussière le fit tousser. Il s'agissait, sans grande surprise, d'un livre parlant de plantes. Il l'ouvrit et le referma aussitôt en voyant que cela ne lui apporterait pas de réponses. Il continua à scruter la pièce. Rien de plus que des flacons, des livres et des tissus dont quelques rongeurs avaient fait leurs repas réguliers. Dans l'antre de la cheminée, qui n'avait pas vu de flammes depuis des années, dormait un gros tas de cendres recouvert d'une poussière fine.

Valère entra dans une seconde pièce qui avait dû être l'unique lieu de vie de la famille. Dans un coin, un vieux poêle, quelques casseroles encore pendues, des assiettes et des verres brisés sur une petite table entourée de quatre chaises. À l'autre bout, un lit, dont on ne distinguait pas la couleur de l'édredon tant il était envahi de saletés. À ses côtés, un petit berceau de bois. Probablement le sien. Il frôla du bout des doigts l'objet qui l'avait accueilli dans les premiers jours de sa vie. Il n'en avait bien sûr aucun souvenir. Il releva les yeux pour balayer une nouvelle fois les lieux du regard. Rien. Rien qui pouvait l'aider à comprendre. Le jeune garçon sentit son cœur se serrer. Il allait se résigner et rejoindre le dortoir de l'orphelinat quand sa tête se mit à lui faire affreusement mal. La douleur l'obligea à lâcher la lanterne qui s'éteignit sous le choc. Agenouillé sur le sol de la pièce plongée dans l'obscurité, Valère hurlait en se tenant le visage. Un sifflement strident envahit l'intérieur de son crâne, comme la dernière fois à l'armurerie. Il parvint difficilement à ouvrir les yeux tant sa souffrance était intense. Une voix venue de nulle part s'immisça alors en lui en prononçant son nom. Elle lui ordonna de se lever. Ses jambes se soulevèrent comme s'il ne les contrôlait plus. Était-il en train de devenir fou ? Le même pétillement orangé que celui de l'autre soir éclairait ses mains. Elles se levèrent d'elles-mêmes et d'un jet de lumière, ouvrirent la porte du poêle, qui s'alluma et s'éteignit presque instantanément. Dès lors, la douleur s'arrêta comme elle était arrivée. Toutefois, la voix était, elle, toujours là, qui l'appelait. Cependant, elle ne se trouvait plus dans sa tête et semblait provenir du poêle à bois. Une lumière se mit alors à briller à l'intérieur.

Valère s'approcha de l'illumination, se mit à genoux et ouvrit lentement la porte non sans une certaine appréhension. Face à lui, le visage étincelant d'une femme, aussi blanc que le marbre d'une statue, le fixait. Sa voix mélodieuse s'éleva alors dans la pièce.

— La vérité, je vais te la conter. Place tes mains sur mon visage et vois ce qu'il s'est passé…

Empli d'un mélange de crainte et d'excitation, Valère approcha ses mains et les posa sur le marbre blanc. Comme s'il venait d'être percuté, son corps entra dans une sorte de transe. La pièce autour de lui se mit à tourner, emportée par un ouragan.

Il se réveilla, à nouveau là, à côté du poêle qui, cette fois, était allumé. Dans la pièce éclairée, il n'y avait plus trace de poussière, de toiles d'araignée et il flottait dans l'air une bonne odeur de soupe. Une femme, aux longs cheveux noirs tressés, marchait avec un bébé dans les bras. Elle passa au travers de Valère sans s'en apercevoir. Il comprit alors qu'il n'était pas vraiment présent mais qu'il avait une sorte de vision. Il sut rapidement qui elle était et qui elle tenait sur son cœur. Ému, il regarda sa mère le poser dans le petit berceau de bois. Il ne put s'empêcher de sourire en regardant cette inconnue qui pourtant lui avait donné la vie. Les traits légèrement tirés, probablement par la fatigue qu'un nouveau-né pouvait procurer, elle paraissait à la fois douce et forte. Une sorte de force tranquille. Valère remarqua qu'elle avait le même petit grain de beauté que lui près de son oreille droite. Avec fierté, il posa sa main dessus.

Elle se dirigea alors vers le poêle et retira le broc posé dessus. Elle versa de l'eau dans deux gobelets, ajouta quelques herbes à l'intérieur et se rendit dans la pièce d'à côté.

Valère la suivit et se retrouva alors face à trois hommes. Il reconnut immédiatement celui qui devait être son père. La même silhouette élancée, le même sourire, le même regard pétillant. Habillé sobrement d'une tunique grise et d'une braie de couleur identique, il tendit aux deux hôtes les infusions et leur fit signe de s'asseoir. Les deux hommes, vêtus de longs manteaux noirs de bonne facture, prirent place en face de lui et retirèrent leur capuche. Valère, surpris, se rendit compte qu'il connaissait l'un deux. Il s'agissait de Valssar, le conseiller du roi Tirak. Il avait, certes, pris des années mais l'ayant aperçu maintes fois à côté du trône lors des festivités officielles du royaume, il n'avait pas de doute, c'était bien le même homme qui se trouvait face à son père.

— Que puis-je faire pour vous, mes seigneurs ? interrogea alors son père avec un grand respect.

— Nous avons beaucoup entendu parler de vous, l'apothicaire, et Sa Majesté Admese veut vous confier une tâche de la plus haute importance.

Les parents de Valère se regardèrent à la fois étonnés et fiers d'avoir attiré l'attention de leur roi.

— J'en suis plus qu'honoré. Je ferai tout pour satisfaire notre roi. De quoi s'agit-il ?

— Vous devez d'abord promettre de ne parler à personne de cette visite. Il en va de l'avenir du royaume et de la paix, insista Valssar.

— Je ne ferais jamais rien qui pourrait mettre en danger Shall et son roi, s'exclama l'homme.

— C'est parfait, alors.

Valssar porta le gobelet à ses lèvres et but une gorgée, laissant les parents du jeune homme dans l'expectative. Au bout de quelques secondes, il s'exprima à nouveau.

— Nous avons appris qu'un petit groupe de sorciers des terres de Ban préméditaient d'assassiner notre bon roi et de prendre le pouvoir sur le royaume.

Les parents de Valère hoquetèrent de surprise face à cette révélation.

— Mais, nous avons toujours été pacifistes ! s'étonna l'apothicaire.

— Oui, Sa Majesté le sait, mais certains sont passés d'un côté bien sombre… Et si ces sorciers s'en prennent à lui, il y aura beaucoup de morts. Malheureusement, nous serons tous perdants.

— Je comprends mais que puis-je faire ?

— Sa Majesté connaît vos pouvoirs et votre loyauté envers son royaume. Il désire que vous lui fabriquiez quelque chose capable de tenir enfermé, en son sein, des sorciers maléfiques et leurs pouvoirs.

— Une prison pour les sorciers ?

— Plutôt un objet… Le roi souhaite quelque chose qu'il pourra conserver dans son château.

— Un objet ? Savez-vous combien ils sont ? interrogea-t-il, perplexe.

— Une dizaine, dont une dissidente, nous a-t-on dit, aux pouvoirs exceptionnels.

— Cet objet devra donc être très puissant, en déduisit le père de Valère, soucieux.

— Le roi est convaincu que vous en êtes capable.

— Je… oui… Je ferai de mon mieux.

— Vous y parviendrez, répondit Valssar, insistant.

— Bien sûr, Mon Seigneur. Quand veut-il le récupérer ?

— Au plus tôt…

Valère sentit sa tête lui tourner et son estomac remonter à l'intérieur de sa gorge. Il hurla à nouveau de douleur. Il se retrouva alors à côté du poêle dont il sentait la chaleur lui réchauffer le corps. Il entendit les cris de sa mère émanant de la boutique. Il l'aperçut alors, à genoux à côté de son père, les mains ensanglantées, tremblant de rage et de peine. L'homme, étendu face contre terre, baignait dans une mare de sang qui s'étendait lentement sur les pavés gris.

Deux hommes encapuchonnés, dont l'un tenait l'épée qui venait de trancher la gorge de son père, se tenaient face à eux. Valssar ôta sa capuche et sourit en examinant l'objet tant convoité dans ses mains. Fasciné par cette simple chaîne d'où pendait un coquillage d'une couleur, il est vrai, extraordinaire, il glissa l'amulette dans sa poche.

— Par les astres, pourquoi avez-vous fait cela ? hurla sa mère dans un râle de douleur.

Valère, qui ne comprenait plus rien, regarda l'homme du roi s'approcher d'elle. Il était inscrit sur le registre de l'orphelinat, tués par des sorciers, pas par les hommes du royaume de Shall.

— Je suis navré mais il n'est pas possible de vous garder en vie après ce que vous savez.

— Ce que nous savons ? Mais nous vous avions juré notre silence et les sorciers sont des gens de parole.

— Il est vrai, mais vous serez amenés à découvrir une vérité qui ne sera peut-être pas celle que vous croyez et cela pourra nous être préjudiciable. Le futur roi, Tirak, ne peut se permettre que vous dévoiliez son secret.

— Tirak, roi ? Mais de quoi parlez-vous ?

Le conseiller ne répondit pas et fit un signe à l'autre homme. D'un coup sec, il planta l'épée dans le cœur de sa mère qui s'écroula sans vie sur son époux. En vain, Valère hurla sa douleur sans que, bien sûr, ces hommes surgis du passé ne l'entendent. Ils se retournèrent alors vers l'endroit d'où provenaient les pleurs de l'enfant. Le bébé, seul dans son petit berceau de bois, gémissait, espérant probablement le retour de sa mère.

— Tue-le et jette les corps à la mer. Tu reviendras brûler la maison quand tout sera fait. Pas besoin d'alerter les voisins dès maintenant, ordonna la voix méprisante du conseiller.

Le second homme ôta alors sa capuche.

— Mais… c'est un bébé…

— Oui, merci, je l'avais effectivement constaté, répondit Valssar d'une voix aussi froide qu'un bloc de glace.

— Il ne pourra jamais rien raconter. Il n'est peut-être pas nécessaire de lui ôter la vie.

— Tu veux garder en vie un fils de sorciers, futur sorcier lui-même ? J'espère que tu plaisantes ?

— Les sorciers n'ont jamais été nos ennemis…

— Ils vont le devenir !

L'homme fronça les yeux, montrant qu'il ne comprenait pas où il voulait en venir.

— Obéis et arrête de discuter. Je retourne au palais, toi ne reviens pas avant d'avoir effectué ta besogne.

Le conseiller glissa l'amulette dans sa poche, remit sa capuche et sortit de la maison.

Valère regarda l'homme s'approcher de son berceau. Il prit une petite dague et la leva au-dessus de lui. Au moment de frapper, il se ravisa.

La tête du jeune garçon se remit alors à le brûler, son corps recommença sa transe. Il se retrouva devant la porte de l'orphelinat. L'homme encapuchonné le déposait, emmailloté, sur le parvis. Il le vit mettre sa main dans sa poche, puis il sembla hésiter mais finit par en sortir un morceau de parchemin. Il l'ouvrit et l'on pouvait lire «

Valère Domliase, enfant d'apothicaires, morts par sorcellerie » inscrit dessus. Il finit par le déposer sur le nouveau-né. L'homme qui lui avait laissé la vie sauve, lui donnait ainsi l'espoir de savoir un jour qui il était vraiment.

Une douleur atroce s'empara une dernière fois de lui. Tremblant, il était à nouveau face à la femme au visage de marbre. Il mit quelques minutes à retrouver ses esprits.

— Mes parents étaient des sorciers...

— Oui. Et parmi les plus puissants.

—A lors, je suis un sorcier… finit-il par prononcer comme pour s'en persuader.

— Oui, tu es un sorcier et nous avons besoin de toi.

— Nous ? Qui, nous ?

— Nous tous, tous ceux de ton peuple.

— Mais qu'attendez-vous exactement de moi ?

— Tu vas nous aider à récupérer l'amulette que possède le roi Tirak.

— L'amulette qu'a réalisée mon père ?

— Oui, l'amulette d'Azraé

— L'amulette d'Azraé ? Pourquoi l'appelez-vous ainsi ?

— Tu es prêt à connaître la suite de l'histoire ?

Valère se frotta le visage.

— Est-ce que vous pourriez tout simplement me la raconter au lieu de me ballotter dans le passé…? J'ai la tête qui va exploser, bredouilla le jeune garçon.

Le visage se mit à sourire.

— Alors, ferme les yeux, Valère Domliase et écoute cette histoire.

« Phagor, prince héritier du trône de Shall, tombe amoureux d'Azraé, fille d'Emeraude et de Gorgan Phese, famille de sorciers puissants de l'île de Ban. Quand Tirak, frère cadet de Phagor, qui l'a toujours jalousé, l'apprend, il devient fou de rage. Phagor deviendra roi et les pouvoirs de son épouse lui donneront une puissance exceptionnelle. Envahi par la haine, il manigance un plan qui, en plus d'anéantir celui qu'il déteste par-dessus tout, lui permettra de chasser les sorciers dont les pouvoirs puissants représentent une menace pour son futur règne. Le jour où Phagor revient à Shall avec sa bien-aimée, pour l'épouser, la flotte de Tirak va à leur rencontre sur la mer des quatre eaux. Se croyant simplement honoré par les navires de son frère, ni Phagor ni les sorciers imaginent qu'il puisse l'avoir trahi. Attaqué par surprise, Phagor meurt des mains mêmes de son frère tandis qu'Azraé et sa famille se retrouvent enfermés à l'intérieur de l'amulette. Pour ne laisser aucun témoin, les navires de Phagor et d'Azraé sont coulés et sombrent dans les profondeurs de la mer des quatre eaux. Tirak accuse alors Azraé d'être à l'origine de la mort de son frère. Admese, envahi par le chagrin, le laissera mener une guerre sans merci contre ceux qu'ils accusent de tous les maux, avant d'être emporté dans les limbes de l'éternité. Depuis, l'amulette est conservée dans le château du roi Tirak dans un endroit tenu secret. La prophétie dit que le sorcier orphelin fils du créateur de l'amulette et le capitaine aux bras d'écaille seront les seuls capables de les libérer tous. »

La voix se tut alors. Valère ouvrit les yeux et, pendant plusieurs secondes, ne prononça aucune parole. Il essayait d'assimiler ce que venait de lui expliquer ce visage blanc sorti d'un poêle à bois. S'il n'avait pas vu lui-même ses mains crépiter et son corps se déplacer dans les pièces, visualisant ainsi son passé, il aurait franchement cru qu'il devenait complètement fou.

Quand il réalisa que le visage en question venait de lui confier une mission, il réagit enfin par un flot de questions interminable.

— Si je suis un sorcier, ma vie est en danger.

— Tu es un sorcier, le coupa-t-elle.

— D'accord, je suis un sorcier, donc je suis en danger de mort. Tout ce qui touche à la sorcellerie est interdit à Shall.

— Il est vrai. C'est pourquoi tu viendras ici pour que je t'apprenne et tu cacheras ta vraie nature.

— Ici ! combien de temps ?

— Jusqu'à ce que tu deviennes assez puissant et assez proche de Sa Majesté Tirak pour être capable de nous aider.

— Me rapprocher du roi ! Mais, je ne vis même pas au château. Je ne suis qu'un orphelin qui nettoie des armes.

— Si je ne doute pas de toi, tu ne dois pas douter. La prophétie a parlé. Maintenant, ta formation va commencer.

Chapitre 16

Le bateau trembla sous le joug de la détonation. Valère, ne pouvant se retenir, tomba sur le sol humide de la cale. Les trois pirates eurent à peine le temps de s'agripper à ce qu'ils pouvaient, évitant ainsi de basculer eux aussi.

— Sacrebleu, qu'est-ce qu'il se passe encore ? pesta Vans qui venait de recevoir une sorte de panier en plein visage.

Toren fit un signe de la tête à Opale et se mit à courir, suivi du chef d'équipage en direction du pont pour se rendre compte de la situation. La jeune femme se retourna vers le sorcier. D'un coup d'œil plus inquiet qu'elle n'aurait voulu, elle vérifia qu'il n'était pas blessé. Elle le vit alors se redresser avec difficulté. Il parvint, au prix de nombreux efforts, à se remettre sur ses jambes. Les yeux toujours bandés, il sut pourtant dans quelle direction se trouvait Opale et s'adressa à elle.

— Donnez-lui l'amulette et vous pourrez repartir.

Le capitaine fronça le regard.

— Je suppose que vous savez qui nous attaque cette fois.

— Ils veulent simplement récupérer l'amulette… Donnez-la-leur, répéta-t-il sans aucune autre explication.

— De qui s'agit-il ? gronda Opale, folle de rage.

— Je ne peux rien vous dire. Donnez l'amulette et vous n'aurez aucun problème, insista-t-il une nouvelle fois.

— Je n'aurai aucun problème car je vais couler ce bateau ! ragea la jeune femme

— Opale ! Je vous en prie. Si vous les attaquez, vous n'avez aucune chance…

— Vous craignez que vos amis vous laissent couler avec nous, tança-t-elle.

— J'ai peur pour vous, répondit-il d'une voix qui surprit la jeune femme.

Elle resta interdite quelques secondes mais se reprit rapidement.

— Ayez plutôt peur pour vous ! riposta-t-elle en quittant la cale non sans un pincement au cœur.

Frôlé par une nouvelle salve de boulets, le bateau subit une seconde secousse. Opale débarqua sur le pont où tout l'équipage se tenait prêt à contre-attaquer. Les artilleurs, sous les ordres du maître canonnier, étaient opérationnels, chacun à côté de leurs canons respectifs. Tandis que Vans donnait ses ordres aux mathurins, Longue-vue s'était mis à côté de Flaque, paré à tenir le gouvernail.

— Alors ? demanda-t-elle à son second.

— Ou ils sont extrêmement inefficaces ou ils ne cherchent pas à nous couler. Aucun des boulets qu'ils ont tirés ne nous a atteints. Ils veulent visiblement simplement nous impressionner.

— Ils ne feront rien avant d'avoir récupéré l'amulette. Ce qu'ils veulent, c'est s'amarrer au Blue Whale.

— Il sait qui ils sont ?

— Oui mais il n'a rien voulu dire. Il est clair qu'il s'agit de sorciers.

Opale remarqua l'inquiétude qui se dessina sur le visage de

Toren à l'énonciation de ce qu'ils étaient.

— Tu veux que l'on baisse pavillon et qu'on leur donne l'amulette, n'est-ce pas ?

— Je ne suis pas le capitaine.

— Toren, ce n'est pas la réponse à ma question !

Un nouveau boulet atterrit à peine à quelques mètres de la coque, envoyant une vague d'eau s'abattre sur le pont. Les artilleurs, sur le qui-vive, attendaient toujours qu'on leur donne l'ordre de répondre aux hostilités. La tension était à son comble. Opale prit la longue-vue et si elle parvenait à voir le navire, elle ne distinguait pas son pavillon. Elle leva les yeux vers le nid-de-pie.

— MÉRI, VOIS-TU LE PAVILLON ? lui cria-t-elle.

L'homme répondit par la négative. Un autre boulet ébranla une nouvelle fois le *Blue Whale*. Il avait encore une fois juste frôlé le navire, ne provoquant pas de dégâts. Opale se décida à riposter. Elle se préparait à donner ses ordres aux maîtres canonniers quand Méri hurla d'une voix sortie d'outre-tombe.

— *L'OORRACLEEE*, C'EST *L'ORACLEEEE* !!

Opale vit les yeux de Toren s'élargir de surprise.

— Par le dieu des mers, c'est impossible.

— *L'Oracle* ? Qui est-ce ? questionna Opale troublée de voir son second ainsi.

— MÉRI… ES-TU SÛR DE CE QUE TU DIS ? hurla alors Toren à la vigie.

La vigie effectua un mouvement positif de la tête, ne laissant plus aucun doute subsister.

— Toren, à qui appartient ce navire ?

— Tu te souviens quand je t'ai raconté que les sorciers

avaient été pourchassés par Tirak après la mort de son frère.

— Oui et ?

— Eh bien, l'on raconte que le bateau qui a coulé celui de Phagor, frère de Tirak, était *l'Oracle*. Le navire d'Azraé, grande sorcière de Ban… mais ce que tu dois savoir, c'est…

— C'est ?

— C'est qu'il est censé reposer au fond de la mer des quatre eaux…

— Eh bien, peut-être que c'était faux tout simplement.

— Non, nous ne naviguions qu'à quelques milles des lieux du naufrage à l'époque et quand nous sommes arrivés, il n'y avait plus que des débris et à l'horizon, les flottes de Shall qui repartaient dans leur royaume.

— Il faut croire qu'il est de retour !

Plus aucun tir n'avait eu lieu depuis plusieurs minutes. L'Oracle qui fendait l'eau à grande vitesse dans leur direction avait, semble-t-il, arrêté les hostilités.

— Baissez l'étendard ! On va leur rendre l'amulette, on a assez sacrifié de vies pour cet objet de malheur. S'ils veulent le récupérer, qu'ils le fassent, décida alors Opale.

Le visage de Toren prouva à lui seul qu'il abondait dans son sens. Le second ordonna de baisser le pavillon. Vans et une bonne dizaine d'hommes armés entourèrent Opale qui sortit sa dague. Leur donner l'amulette, oui, mais se laisser faire prisonniers hors de question. S'ils attaquaient, ils défendraient le *Blue Whale* jusqu'à la mort.

Sur ses gardes, l'équipage du *Blue Whale* observait l'*Oracle* s'approcher. La figure de proue à l'image d'un visage de femme semblait observer ceux dont elle venait à la rencontre. Le navire manœuvré avec adresse vint se placer bord à bord avec celui de la jeune femme. Opale n'avait pas le souvenir d'avoir déjà vu un vaisseau aussi majestueux. Bien plus grand que le *Blue Whale,* il se dressait là, s'imposant par sa simple présence. Étonnamment, pour un bateau de cette envergure, aucun cri, aucun bruit d'équipage ne parvenait aux oreilles d'Opale, ou de ses hommes, qui sentit son navire se coller à celui de ses assaillants, comme par magie.

Une échelle de corde tomba alors le long de la coque de l'*Oracle* et stoppa sa course sur le pont. Sa dague dans une main et l'amulette dans l'autre, Opale se tendit. Toren, Vans et les hommes qui l'entouraient se crispèrent eux aussi. La plupart des anciens savaient que face à des sorciers, n'importe quels épées, dagues, canons ou autres armes ne seraient d'une quelconque utilité et pourtant, futilement, ils se refusaient à les lâcher. Au bout de quelques secondes, une paire de bottes noires apparut en haut des marches. Un homme encapuchonné commença à descendre lentement, suivi par deux autres des siens. Les trois individus se retournèrent alors face aux pirates. Opale remarqua qu'ils ne portaient aucune arme apparente. Elle réalisa que cela n'avait finalement rien d'étonnant pour des sorciers.

— Nous sommes là pour l'amulette. Remettez-la-nous et nous partirons, prononça avec fermeté l'homme dont la capuche empêchait Opale de distinguer le visage.

— Qu'est-ce qui nous dit que vous tiendrez parole ?

— Nous sommes des gens d'honneur.

— Des gens d'honneur qui ont lâchement assassiné le prince Phagor…

— Les sorciers de l'*Oracle* n'ont jamais été responsables de sa mort.

— Dites ce que vous voulez mais je n'ai aucune raison de vous faire confiance.

— Donnez-nous l'amulette et nous partirons, je ne me répéterai pas, les mains des trois hommes se mirent alors à pétiller.

Sur le qui-vive, Opale et ses hommes reculèrent d'un pas. Toren fit un signe de la tête à Opale. Quoi qu'il en soit, elle n'avait pas vraiment d'autre choix. Elle tendit l'objet à celui qui paraissait être le capitaine du bateau. Il referma ses mains, éteignant ainsi le feu orangé qui crépitait jusque-là. Ses deux hommes firent de même, rassurant les assiégés. Il prit l'objet tant recherché dans ses mains.

— Où est le fils du créateur ?

Les sourcils d'Opale s'arquèrent, ne comprenant pas qui il mentionnait.

— Le fils de qui ? De qui parlez-vous ?

— Nous savons qu'il est sur votre bateau. Nous sentons sa présence.

— Mais de qui... Opale s'arrêta en pleine phrase.

Elle venait de réaliser que c'était de Valère que le sorcier parlait. Elle réfléchit quelques secondes avant de répondre.

— Vous avez l'amulette, nous gardons votre fils de je ne sais quoi... C'est notre assurance-vie, mais soyez assurés que nous le déposerons sur l'île verte et que vous pourrez le récupérer vivant. Les pirates sont des gens de parole, opposa-t-elle.

L'homme conserva le silence. La tension avait monté d'un cran.

— Alors, capitaine, quelle est votre réponse ? s'enquit Opale, dont le ton ne laissait aucun doute quant à sa détermination.

— Le capitaine n'est pas d'accord, prononça une voix émanant du pont de l'*Oracle*.

Opale et ses hommes levèrent les yeux vers l'ombre qui venait d'apparaître. Éblouis par le soleil, ils ne distinguaient qu'une simple silhouette.

— Cette voix... Ce n'est pas possible, prononça Toren, dont le visage s'était décomposé.

L'ombre se matérialisa alors devant eux. Elle se tenait là, les cheveux longs, noirs, secoués par le vent, un grand manteau descendant sur ses bottes de cuir, elle était toujours aussi belle malgré les années.

— Aléanore, bredouilla Toren, des larmes pointant au bord de ses yeux.

Chapitre 17

Opale se tourna vers lui, le dévisageant comme s'il était devenu fou. Quand elle aperçut le regard déconcerté de son second, pareil à celui de Vans et d'autres de ses hommes, elle comprit que c'était bien elle.

— Il n'y aura pas de négociation. Nous voulons l'amulette et le fils du créateur, opposa-t-elle sans réagir face au bateau sur lequel elle avait grandi et aux hommes qu'elle avait jadis connus.

Elle sauta du haut du pont et atterrit avec grâce devant sa fille. Tétanisée, Opale ne pouvait prononcer un seul mot. Elle dévisageait celle qui lui avait donné la vie et que son père avait tant aimée. Aléanore, elle, la fixait sans une once de surprise. Elle ne la reconnaissait pas.

— Aléanore… C'est toi ? questionna Toren tout en connaissant la réponse.

Le capitaine de l'*Oracle* tourna son visage vers cet homme qui l'interpellait par un prénom qui lui était inconnu.

— Je suis Malénia Jones, capitaine de l'*Oracle* et je vous conseille de ne pas abuser de ma patience.

Qu'elle ne la reconnaisse pas, Opale pouvait le comprendre, mais Toren, Vans et surtout le *Blue Whale,* son bateau, elle était certaine que tout cela n'était pas normal.

— Tu ne te rappelles plus, c'est cela, finit par prononcer Opale d'une voix troublée.

— De quoi parlez-vous, jeune femme ? Où est le fils du créateur ?

— Tu ne te souviens pas de moi mais tu ne peux pas avoir oublié ce bateau ?!

Aléanore regarda autour d'elle sans assimiler ce qu'elle voulait dire. Ils tentaient probablement de gagner du temps et le capitaine de l'*Oracle* ne supportait pas qu'on essaie de se jouer d'elle. Elle pointa son épée en direction d'Opale et plaça fermement la pointe aiguisée à l'endroit de son cœur. Une légère goutte de sang se répandit doucement sur la chemise de la jeune femme.

— Arrêtez, capitaine ! Nous allons vous donner le fils du créateur et vous pourrez vous en aller, rugit Toren aux deux femmes en train de se jauger.

— Quoi, hors de question ? lui opposa Opale.

— Tu devrais laisser parler ton capitaine, jeune fille. Il est plus malin que toi !

— C'est moi le capitaine, ici ! Je suis le capitaine du *Blue Whale*, répondit Opale en sortant sa dague.

S'il fallait en passer par un combat avec sa mère pour lui faire retrouver qui elle était, elle n'hésiterait pas.
Les trois hommes d'Aléanore firent immédiatement crépiter leurs mains, mais elle les arrêta d'un signe.

— J'aime ton impétuosité ! Donnez-lui une épée ! ordonna-t-elle.

— Opale, renonce, elle excellait au combat et n'aura aucune pitié pour toi, elle ne se rappelle plus rien, lui conjura Toren.

— Alors, prie pour qu'elle retrouve la mémoire avant la fin ! lui répondit-elle en attrapant l'épée qu'on lui tendait.

— Comment veux-tu que cela arrive ?

— J'ai une idée. Elle vaut ce qu'elle vaut mais qui ne tente rien n'a rien !

Aléanore et Opale se mirent en garde. Se battre contre sa propre mère, elle qui ne révait que de la prendre dans les bras. Ce n'étaient pas les retrouvailles qu'elle aurait esperées. Le combat commença alors. Aléanore porta le premier assaut. Par chance pour sa fille, cette botte était aussi celle de son père, elle évita facilement la lame en sautant sur le côté. Sans lui laisser de répit, Aléanore réitéra en lui portant un nouveau coup, Opale se déroba à nouveau et effectua un battement d'épée qui fit reculer sa mère. Le capitaine de l'*Oracle* se rua sur celui du *Blue Whale*, qui esquiva une nouvelle fois. La jeune femme sentait que son plan allait être compliqué à réaliser si elle n'arrivait pas à contrôler sa respiration qui s'emballait. Elle se battait contre sa propre mère, celle qui lui avait tant manqué et qu'elle croyait disparue à tout jamais. Elle devait se concentrer. Elle était plus jeune, donc plus rapide mais aussi bien moins expérimentée… Répéter sans arrêt des esquives sans pour autant l'atteindre... à ce rythme, elle allait vite s'épuiser. Elle se décida alors à faire entendre sa voix. Il lui fallait peut-être un choc pour se souvenir... Si ce chant était important pour elle, elle espérait qu'il le serait aussi pour sa mère.

« Petite fille aux yeux d'or…, entama-t-elle entre deux respirations.

En entendant son adversaire se mettre à chanter, Aléanore plissa les yeux, cherchant à comprendre ce qu'elle cherchait à faire. Les lames continuaient à se toucher dans un tintement continuel.

Nous t'avons tant espérée…

Les deux femmes se déplaçaient avec une agilité incroyable, se neutralisant l'une l'autre à chaque coup. Les premières paroles ne semblaient pas faire réagir Aléanore. Peut-être qu'Opale s'était montrée un peu trop optimiste sur l'effet que pourraient lui faire ces paroles. Le capitaine de l'*Oracle* s'élança une énième fois, donnant plusieurs coups qui firent reculer celui du *Blue Whale* qui vint heurter violemment le bastingage. La jeune femme poussa un cri de douleur, mais se remit en place. Toren posa sa main sur son sabre, prêt à intervenir.

Nous avons mis notre cœur…

Aléanore sentit son regard se brouiller. Une image apparut devant elle, puis une autre. Un bébé, une mer étoilée… Elle secoua la tête et sauta de justesse sur le côté pour éviter l'assaut de sa fille. Opale remarqua son léger malaise. Se pourrait-il que cela puisse marcher ? Mue par l'espoir, elle fit une brusque volte-face et se remit à entonner.

Nous avons tout donné,

Elle vit sa mère cligner à nouveau des yeux de manière étrange, sa main se mit légèrement à trembler face aux images qui s'enchaînaient une nouvelle fois devant elle. Un homme, un bébé au regard brillant, une baleine, une baleine sculptée, une mer déchaînée, un bébé dans ses bras… Elle reprit ses esprits tout en restant troublée par ce qui se produisait en elle et qu'elle ne comprenait pas. Opale, qui avait baissé sa garde, ne vit pas le coup arriver. L'épée de sa mère vint lui entailler le bras déjà blessé lors de son combat précédant, déchirant sa manche sur toute la longueur. Opale serra les dents. De la plaie réouverte, un filet de sang coula le long de son bras qui pourtant conservait son épée, déterminée à aller jusqu'au bout.

Opale, tu seras la lumière…

Aléanore arma son bras, prête à porter une dernière estocade. Elle avança vers sa fille, leva l'épée et frappa.

— OPPALLEE ! hurla Toren.

Aléanore ouvrit les yeux de surprise. Elle arrêta sa lame à quelques millimètres du cœur d'Opale, fixant stupéfaite, les sortes d'écailles dessinées sur le bras de son adversaire. Le regard verrouillé sur sa tache de naissance, elle baissa son épée sans le moindre mot.

— On part, hurla-t-elle à ses hommes qui la suivirent sans un mot.

Elle avala l'échelle de corde sans se retourner, laissant l'équipage du *Blue Whale* muet de stupeur.

Chapitre 18

Cela faisait plusieurs nuits que Tirak ne parvenait pas à dormir. Le roi était d'une humeur exécrable. Son amulette avait été volée au nez et à la barbe de quatre gardes chargés de surveiller le bijou nuit et jour.

Ces incapables pendaient, depuis, au bout d'une corde dans la cour du château. Leurs corps régalaient les vautours qui venaient chercher chaque jour leur pitance. Cela n'avait toutefois pas soulagé la colère du despote qui craignait que son secret ne soit révélé.

La situation était compliquée. Il ne pouvait raisonnablement pas envoyer ses armées retourner la ville et les villages environnants sans attirer l'attention sur l'objet qu'on lui avait dérobé.

Il tournait dans la salle du trône comme un lion en cage quand Valssar se fit annoncer. L'homme avança, si courbé que son menton aurait pu frôler le sol de marbre des lieux.

— Dis-moi que tu l'as retrouvée ! invectiva le roi sans autre artifice.

— Mon Seigneur, pas encore…

— INCAPABLE !! TU MÉRITERAIS QUE JE TE FASSE ÉMASCULER !!

Valssar serra les jambes par réflexe. Il connaissait son roi et savait de quoi il était capable. Qu'il ait été son plus grand serviteur pendant les dernières années n'aurait aucun impact sur ses décisions. Mis à part lui-même, personne n'avait grâce à ses yeux, pas même ses propres enfants qu'il avait d'ailleurs exilés loin du château.

— Mon Seigneur, ayez pitié. Je ne l'ai pas retrouvée mais

j'ai découvert qui vous a volé. Plus que quelques jours et l'amulette sera à nouveau en votre possession.

— QUI ? QUI ? QU'ON ME LE RAMÈNE ! QU'ON L'ÉCARTÈLE ! QU'ON LUI CRÈVE LES YEUX ! hurla-t-il en gesticulant comme un aliéné.

— Il s'appelle Valère Domliase, un des lieutenants de l'armée du haut commandeur Norik.

Tirak devint aussi rouge que le sang qu'il rêvait de faire verser.

— Tu me dis que mon armée est infestée par des voleurs et des traîtres ?

— Non, non, Votre Seigneurie ! s'empressa de répondre le conseiller du roi.

— ALORS, EXPLIQUE-TOI OU JE TE FAIS JETER DANS LES GEÔLES DU PALAIS APRÈS T'AVOIR COUPÉ LA LANGUE DE MES PROPRES MAINS !

— Mon Seigneur, si vous me coupez la langue, je ne pourrai plus rien vous dire, se permit-il d'indiquer, réalisant rapidement au regard enragé de son maître qu'il aurait mieux fait de se taire. Afin de s'éviter une correction à la hauteur de sa bêtise, il enchaîna rapidement son explication.

— Il a été remarqué fouinant dans le palais pas loin de vos appartements, il a disparu peu de temps après le vol et surtout il a été vu embarqué sur le bateau d'un marchand sans explications.

— UN MARCHAND ! QUEL MARCHAND ? QU'ON BRÛLE SON BATEAU !

— Enfin… un marchand…

D'un bond, le roi s'éjecta de son trône, attrapa son conseiller par son surcot [19] de soie bleue et le jeta à terre.

— VAS-TU T'ARRÊTER AVEC TES ÉNIGMES ?

CROIS-TU QUE J'AI ASSEZ DE PATIENCE POUR LES SUPPORTER ?

Valssar se redressa mais resta à genoux devant le roi, espérant ainsi que flatter son ego démesuré permettrait d'atténuer sa colère.

— D'après mes informations, il s'agit en réalité de pirates qui se font passer pour des marchands.

— DES PIRATES !! QUE FAISAIENT-ILS DANS MON ROYAUME ? QUE FAIT CE BON À RIEN DE CORSAIRE ? QU'ON L'ÉCARTÈLE LUI AUSSI !

Dans d'autres circonstances, cela aurait pu être le bon moment pour lui annoncer que, justement, Gross n'était plus mais il aurait fallu aussi lui confesser que c'étaient ces fameux pirates qui avaient mis fin à sa vie et partir dans des détails aurait prolongé cette entrevue un peu trop au goût du conseiller… Il préféra donc s'abstenir.

— Ne vous inquiétez plus de rien, Votre Grandeur. Je viens de faire affréter le Majestueux. Nous partons demain et je vous assure que l'amulette sera de nouveau dans vos mains dans quelques jours.

Valssar se garda de lui dévoiler que quand il avait entendu le nom de famille du lieutenant en question, il avait compris immédiatement que son homme de main ne s'était pas débarrassé de l'enfant du sorcier et que l'officier en question était donc bien son voleur. Lui révéler cela serait lui avouer qu'il avait failli et qu'un sorcier détenait l'objet de ses angoisses.

— JE T'AVERTIS, MÉPRISABLE RAT, RAMÈNE-MOI MON AMULETTE ET CE VALÈRE OU NE REVIENS PAS !!!

Valssar se redressa, s'inclina et sortit comme il était entré, le regard fixé au sol pour ne pas recroiser celui du roi.

Chapitre 19

L'équipage du *Blue Whale*, silencieux, gardait les yeux figés sur l'*Oracle* qui s'éloignait à l'horizon.

Personne n'avait prononcé une seule parole tant la situation les avait étourdis. Aléanore, qu'au moins les trois quarts de l'équipage avaient vue périr dans les eaux déchaînées de la mer des quatre eaux, était en vie. Certes, elle avait visiblement perdu la mémoire, mais c'était bien elle. Elle, qu'ils avaient recherchée puis pleurée pendant des jours. Comment avait-elle survécu à une noyade certaine ?

Opale, les yeux devenus humides, ne savait pas comment réagir. Toren se retourna vers elle. Pour une fois, il ne trouva pas les mots. La jeune femme changea alors de visage. Il y lut un mélange de tristesse et de colère. Sans un mot, elle se rua à l'intérieur du navire. Elle dévala les coursives et pénétra telle une furie dans la cale qui retenait Valère. Le bruit de la porte claquant contre la coque fit sursauter le jeune homme.

— VOUS SAVIEZ !! hurla Opale en s'approchant de la grille avec rage.

Elle vit la bouche de son prisonnier s'entrouvrir mais le bandeau qui lui entravait la vue ne permettait pas de percevoir s'il comprenait ou non sa colère.

— Oui, je vous l'ai dit, ils étaient là pour l'amulette… Je ne vous ai pas menti.

— NON, JE NE PARLE PAS DE L'AMULETTE !! VOUS SAVIEZ QUE C'ÉTAIT MA MÈRE !

Valère s'approcha tant bien que mal de la voix qui lui criait des choses qu'il ne saisissait pas.

— Je ne comprends pas de quoi vous parlez, Opale…

— Arrêtez de m'appeler Opale comme si nous étions des amis !

De frustration, elle passa sa main à travers les barreaux et arracha le bandeau que portait le sorcier. Leurs regards s'ancrèrent l'un en l'autre. Opale frémit et sentit son cœur se serrer. Elle ne parvenait pas, malgré la colère qui l'animait, à contrôler le trouble qui naissait en elle à chaque fois qu'il était en sa présence. Les joues rosies par cette émotion sensuelle qui ne voulait pas la quitter, elle essaya malgré tout de conserver la morgue dont elle tentait de faire preuve. Lui la fixait avec une douceur incroyable. Elle réalisa qu'il pouvait lire dans ses pensées maintenant qu'elle lui avait ôté son bandeau. Elle s'empourpra de plus belle et, en colère contre elle-même, elle tira Valère contre les barreaux.

— RÉPONDEZ ! VOUS SAVIEZ QUE LE CAPITAINE DE L'ORACLE ÉTAIT MA MÈRE, N'EST-CE PAS !?

— Je ne comprends pas de quoi vous parlez. Votre mère ? Comment aurais-je su que le capitaine de l'*Oracle* était votre mère, je la croyais disparue ? répondit calmement le jeune homme, le visage écrasé contre le fer humide de sa geôle.

— NE ME FAITES PAS CROIRE QUE VOUS N'AVIEZ PAS REMARQUÉ QUE NOUS AVIONS LA MÊME TACHE DE NAISSANCE SUR LE BRAS !

Il posa ses yeux sur l'endroit en question. Il montra alors un signe d'étonnement si marqué qu'Opale dut admettre que cette fois, au moins sur ce point, il ne lui mentait pas. Il examina, troublé, la tache qui ressemblait à de magnifiques écailles de poisson… « Le capitaine au bras d'écailles » avait conté l'oracle… et si, c'était d'elle qu'il s'agissait…

— Je vous assure. Je ne savais pas… Je n'ai jamais rencontré qui que ce soit… J'ai juste aidé à dérober l'amulette au roi…

— Quoi ? Parce qu'en plus c'est vous qui l'avez volée ! Pourquoi ne pas être parti avec vos acolytes ? Pourquoi nous avoir mêlés à tout cela ?

— Je ne pouvais pas m'enfuir avec eux. Ma disparition aurait paru suspecte et il fallait que je leur laisse le temps d'atteindre la mer des quatre eaux.

— Bon sang, mais qui êtes-vous réellement ? Et cette fois, ne me mentez pas !

Valère, amoureux d'elle depuis le jour où il l'avait aperçue à la taverne, ne voulait plus lui mentir. Il capta alors avec force son regard. La tête de la jeune femme se mit à siffler, elle hurla de douleur, puis plus rien, plus rien mis à part la voix envoûtante de celui qu'elle avait devant lui et qui allait lui livrer toute la vérité.

Opale posa ses mains sur ses tempes. Ses yeux, qui jusque-là étaient comme le reste de son corps, paralysés, se détachèrent enfin de ceux de Valère. Il venait de tout lui révéler, son enfance, l'amulette créée par son père, l'assassinat de ses parents, la mort de Phagor, l'Oracle, sa formation secrète au fil des années, le vol de l'amulette, puis son arrivée sur le bateau d'Opale.

Espérant que son regard sur lui finisse par changer, il lui avait même dévoilé ce qu'il lui avait caché jusque-là… Le soir de la mort de Keran, il avait secouru Trois boutons d'une mort certaine, pulvérisant les deux hommes qui voulaient l'égorger dans son sommeil. Malheureusement occupé à le sauver, il n'avait pas pu arriver à temps pour empêcher la mort du capitaine du *Blue Whale*. Il avait immédiatement effacé la mémoire du pirate pour ne pas voir son secret dévoilé. Elle avait aussi vu comment il avait, grâce à sa magie, manœuvré la corde et la voile pour l'empêcher de s'écraser sur le pont du *Blue Whale*. Elle se sentait presque apaisée de ne pas ressentir des sentiments pour un monstre de sorcier. Elle avait sûrement pensé cela trop fort car le jeune homme venait de lui sourire.

— Je vous interdis de lire dans mes pensées ! fulmina-t-elle en rougissant de plus belle.

Il baissa les yeux pour faire amende honorable.

— Nous allons vous déposer sur l'île verte. Vos amis viendront vous récupérer là-bas, c'est le pacte, l'informa le capitaine, les yeux devenus humides.

Il la regarda se diriger vers la sortie et poser sa main sur la porte pour la refermer. Elle ne put s'empêcher de s'arrêter sur le pas de la porte comme si elle voulait lui dire quelque chose. Il s'empêcha alors, par respect, même s'il en rêvait, de lire à nouveau dans sa tête. Elle resta finalement silencieuse et quitta la pièce en entendant les dernières paroles qu'il lui adressa.

— J'ose espérer qu'un jour vous me pardonnerez. Mademoiselle Everley, je vous aime.

Chapitre 20

Aléanore pénétra dans sa cabine terriblement troublée. Cet homme qui l'avait appelée par un prénom qui lui était inconnu, cette jeune femme qui l'avait nommée Maman et qui portait la même marque qu'elle. Quelle était cette diablerie ? Elle ôta son manteau, le jeta sur son fauteuil sans aucune délicatesse et tira avec fureur sur un rideau de velours situé dans l'angle de sa cabine, dévoilant ainsi le visage statufié d'une très belle femme.

— QUI EST-CE ? l'interrogea-t-elle, furieuse.

Avec délicatesse, la sculpture de marbre se mit à s'animer.

— As-tu récupéré l'amulette et le fils du créateur ? demanda-t-elle, sans faire cas de sa question.

— QUI SONT CES GENS QUI SEMBLENT ME CONNAÎTRE SUR CE BATEAU ? répéta-t-elle plus fermement.

— As-tu récupéré l'amulette et le fils du créateur ? insista la statue.

— QUI SONT-ILS ? hurla Aléanore.

— Tu le sauras quand tu m'auras confirmé que tu as récupéré ce que je te demande.

— À quoi jouez-vous avec moi ? Vous êtes un oracle, vous devriez savoir si j'ai ce que vous voulez ! railla le capitaine.

La statue étira légèrement ses lèvres blanches.

— Opale, fille de Keran Everley et d'Aléanore Snow, capitaines du *Blue Whale*, finit-elle par répondre.

Aléanore ? C'était de cette manière que l'homme l'avait prénommée sur le bateau.

— Il s'agit bien de ton enfant, ta fille, finit par lui dévoiler l'angélique visage d'une voix d'un calme imperturbable.

Le capitaine la dévisagea avec stupeur. Elle, qui avait passé des années sur ce bateau sans aucun souvenir de son naufrage et de sa vie d'avant, venait d'apprendre qu'elle était mère. Quand elle réalisa alors ses membres se mirent à trembler. Elle sentit les battements de son cœur s'accélérer et une chaleur nauséeuse l'envahir. Elle tangua et se laissa tomber sur son fauteuil. Elle garda le silence un long moment, le temps d'assimiler ce que venait de lui révéler, sans artifices, l'oracle. Elle frotta son visage avec vigueur pour s'aider à se reprendre et posa ses yeux colériques sur ceux immaculés de la statue.

— Racontez-moi. J'ai besoin de savoir, exigea-t-elle cette fois en lui montrant l'amulette qu'elle venait d'extraire de la poche.

L'oracle fixa l'objet et se mit alors à rayonner. Elle leva ses mains en direction du ciel et d'une voix majestueuse lui conta son histoire.

« Je me nomme Tradora Phese, feu sorcière suprême de l'île de Ban et réincarnée en oracle à ma mort, il y a plusieurs siècles de cela. Un bateau sacré, sur lequel tu navigues aujourd'hui a été construit pour me protéger et faire de moi la porteuse de présages à travers les mers. Un jour, j'ai reçu une prophétie m'annonçant un grand chaos pour notre peuple. Il m'a été révélé que la folie d'un roi cruel mènerait le monde des sorciers à sa perte et que, seuls, une femme aux écailles de poisson et le fils du créateur seraient en mesure de libérer les nôtres. Des décennies sont passées sans que cette vision se réalise. C'est alors qu'Azraé, fille d'Emeraude et de Gorgan Phese, ma propre descendance, a été emprisonnée dans une amulette magique et que la guerre contre mon peuple menée par le roi Tirak a commencé. J'ai dès lors invoqué les derniers sorciers du royaume pour que tu sois retrouvée. Quand tu t'es présentée à Ban pour sauver ton époux, Zeytan, sorcier guérisseur, a vu ta marque au moment où vous avez procédé au pacte de sang. Il a compris que c'était de toi que la prophétie parlait. Vous avez alors conclu un marché. Ta vie pour sauver la sienne et tu as bien sûr accepté. Tu aurais dû vivre des années près des tiens, le temps que Valère, fils du créateur que nous avions retrouvé aussi, ait grandi et puisse se joindre à nous, mais il en a été autrement. Quand tu as donné naissance à ta fille, certains des nôtres ont craint que tu ne tiennes plus ta promesse et que tu tentes de disparaître… Ils ont donc décidé de déchaîner les mers pour te faire venir à eux. Tu t'es jetée dans les eaux comme tu en avais fait la promesse. Mon bateau t'a récupérée et les souvenirs de ta famille t'ont été effacés pour que tu puisses t'acquitter de ta mission sans chercher à les retrouver… D'après la prophétie, toi seule peux nous sauver. Aide-nous et nous te libèrerons de ce pacte. »

Aléanore garda le silence comme tétanisée par les révélations que venait de lui faire l'oracle. Elle regarda l'objet qui avait détruit sa vie et qu'elle avait furieusement envie d'écraser sous le talon de sa botte en cuir.

— Vous m'avez empêchée de vivre pour sauver votre peuple. Vous m'avez enfermée dans ce rôle de capitaine solitaire comme un pion !

— Je comprends ta colère…

— NON ! NON ! VOUS NE COMPRENEZ RIEN ! VOUS ÊTES UNE STATUE QUI PARLE, RIEN D'AUTRE, VOUS N'AVEZ NI CŒUR NI RAISON ! JE NE SUIS MÊME PAS CAPABLE DE RECONNAÎTRE MON ENFANT !

—Je te ferai récupérer la mémoire. Tu pourras la retrouver comme avant.

— COMME AVANT ? C'EST UNE FEMME DONT JE NE SAIS RIEN !

— Elle apprendra à te connaître.

— COMMENT PEUX-TU EN ÊTRE SÛRE ?

Aléanore poussa un râle de colère qui résonna entre les murs de sa cabine. Elle se releva et se mit à faire les cent pas.

— Je comprends ta colère, capitaine de l'Oracle, mais tu dois respecter ton engagement.

Aléanore la dévisagea, les yeux emplis de haine. Si elle ne se souvenait plus de son passé, elle sentait toutefois au fond d'elle qu'elle était une femme d'honneur.

— J'irai récupérer votre fils du créateur sur l'île verte, mais après, que sommes-nous censés faire pour libérer vos sorciers ? l'interrogea-t-elle avec agacement.

— Je livre les prophéties mais n'en connaît pas le dénouement.

— Donc, vous n'en savez rien ! J'espère que lui au moins le sait ! ragea-t-elle.

— Non, il devra trouver la solution avec toi.

— Avec moi ? Je ne sais rien de votre magie !

Aléanore tapa le poing sur la porte de sa cabine.

— Quand nous aurons libéré vos sorciers, je ne veux plus jamais entendre parler de vous, hurla-t-elle en claquant la porte de sa cabine.

Chapitre 21

J'ose espérer qu'un jour vous me pardonnerez. Mademoiselle Everley, je vous aime.

Derrière la porte, Opale l'avait entendu dire ces mots qui venaient transpercer son cœur. Elle se rua dans les coursives en évitant de croiser le regard de quelques-uns de ses hommes qui effectuaient leurs tâches quotidiennes. Ils ne devaient en aucun cas la voir dans cet état. Que pourraient-ils penser d'elle ? Elle pénétra dans sa cabine, ferma la porte et se déchargea de ce flot d'émotions. Des larmes coulaient de son visage épuisé par les derniers jours qu'elle venait de vivre. La mort de son père, le retour de sa mère… et lui, ce sorcier qui brisait toutes ses certitudes.

Toren frappa alors à la porte de la cabine. La jeune femme essuya rapidement ses yeux rougis, se tourna vers le hublot et autorisa son visiteur à entrer.

Le second, sans un mot, s'approcha d'elle et posa sa main sur son épaule. Elle essaya vainement de résister mais finit par se jeter à corps perdu dans ses bras. Comme un père, il la laissa se libérer, caressant d'une main maladroite sa chevelure. On ne pouvait pas dire que ce genre de démonstration était dans l'habitude de ce grand gaillard mais cette gamine était ce qu'il avait de plus précieux et c'était probablement le moment de lui prouver si tant est qu'il ait besoin de le faire.

Au bout de quelques instants, il sentit la respiration d'Opale s'apaiser et perçut que c'était le bon moment pour s'exprimer à nouveau.

— Je vais être plus trempé que lors des grandes tempêtes !

s'exclama-t-il avec humour pour alléger l'ambiance pesante des lieux.

Il entendit un petit rire qui le rassura. La jeune femme se redressa, lui offrant un regard reconnaissant. Elle essuya ses yeux d'un revers de la manche et se dirigea vers son petit miroir. Elle tapota son visage qui, il fallait le reconnaître, semblait avoir été terrassé par la mer déchaînée.

— Ne te tracasse pas, tu es toujours aussi belle, comme ta mère…

— Est-ce une façon subtile d'amener le sujet de sa résurrection ?

— Je ne sais même pas ce que signifie subtile, s'amusa l'homme en se servant un verre de rhum pour s'occuper les mains.

Elle secoua la tête et lui sourit.

— Est-ce que c'est bien elle au moins ? demanda-t-elle d'une voix anxieuse.

— Oui, c'est bien elle.

— En es-tu vraiment sûr ?

— Je pourrais le jurer sur ma propre vie. Elle est gravée là-dedans, lui répondit-il en tapotant son front du bout de ses doigts trapus.

Elle l'observa quelques secondes et comprit qu'il était terriblement ému. Cette fois, ce fut à elle de les libérer de cette atmosphère devenue terriblement gênante.

— Tu ne vas tout de même pas m'avouer que tu étais amoureux d'elle et qu'en réalité tu es mon père ?

Surpris, Toren ouvrit grand les yeux et se mit à rire.

— Oh sacrebleu, non ! s'esclaffa-t-il.

— J'en suis ravie, j'ai eu ma dose d'émotions jusqu'à ma

mort !

— Tu ressembles bien trop à tes parents pour pouvoir en douter. Têtue et combattante, comme ta mère, drôle et fougueuse comme ton père…

— De qui dois-je donc alors mon intelligence hors du commun ?

— De celui qui s'est beaucoup occupé de toi, s'amusa-t-il en levant son verre vers elle pour saluer son propre trait d'esprit.

— Quelle humilité ! répondit-elle en lui adressa un sourire radieux.

— Ça pour être humide, je le suis, s'amusa-t-il en secouant sa chemise envahie des larmes de la jeune femme.

Cette fois, elle éclata d'un rire franc et enjoué. L'homme but une gorgée, posa le verre sur la table et se redressa de tout son long.

— Alors, capt'ne, qu'as-tu décidé ?

— On va poser le sorcier sur l'île verte pour que l'oracle le récupère.

— Et ?

— Et quoi ?

— Tu ne veux pas me faire croire que tu vas l'abandonner là-bas et les laisser repartir sans rien faire.

— Que veux-tu que je fasse ?

— Tu as bien vu qu'elle a réagi en entendant la chanson. Elle peut retrouver la mémoire. Les sorciers peuvent lui faire retrouver la mémoire, insista-t-il.

Le visage de la jeune femme se ferma. Toren fronça le regard, ne comprenant pas ce qui pouvait bien la tracasser.

— De quoi as-tu peur, Opale ? finit-il par lui demander.

Opale détourna le regard et se terra dans un silence pesant.

— Bien, je vais donner tes instructions. Direction l'île verte, déclara le second en faisant mine de s'en aller.

— Attends.

Toren relâcha la poignée de la porte et se retourna vers elle, attendant qu'elle s'exprime enfin.

— Et si elle ne retrouvait pas la mémoire ?

— Eh bien, elle apprendra à nous connaître.

— Et si elle ne ressentait plus rien pour nous ?

— Elle apprendra à nous aimer.

— Et si…

— Et si nous la laissons repartir sans rien dire, nous n'aurons jamais ses réponses !

Opale savait que Toren avait raison. Jamais son père n'aurait renoncé sans avoir essayé. C'était tellement difficile pour elle.

— Très bien, nous nous arrêterons à quelques milles de l'île verte et nous l'attendrons là-bas. Mais si elle nous cherche querelle sans nous écouter, je ne la laisserai pas faire du mal à mon équipage.

Toren effectua un geste de la tête entendu et ouvrit la porte de la cabine. Il commença à sortir mais finalement se retourna.

— Et pour le sorcier ?

— Quoi, pour le sorcier ? s'étonna-t-elle, le visage se colorant en une fraction de seconde.

— Est-ce qu'on le libère ?

— Pourquoi le libèrerait-on ?

Toren regarda la jeune femme en lui faisant comprendre

qu'il savait ce qu'ils ressentaient l'un pour l'autre. Opale ne parvint pas à masquer son embarras.

— Il reste où il est, répondit-elle en tentant une certaine fermeté.

— Bien, c'est toi qui décides, capt'ne, mais tu devrais savoir, plus que quiconque, que le temps passe vite et qu'on ne revient pas dessus.

Toren sortit de la cabine, laissant Opale se torturer l'esprit.

Le temps n'a fait qu'une perte éphémère,
maintenant alliées, tout semble plus clair.
La mer les avaient pourtant séparées
mais la peau écaillée relie leur destinée.

Chapitre 22

L'île verte était maintenant à quelques lieues du *Blue Whale.* Opale n'avait quasiment pas quitté le pont pendant les deux jours où ils avaient navigué.

Elle restait étonnamment silencieuse à côté de Flaque. Toren, lui, n'était pas revenu sur la discussion qu'ils avaient eue, la laissant réfléchir seule à ce qu'elle voulait faire. Il pensait en réalité qu'elle serait allée libérer Valère. Malheureusement, il devait se rendre à l'évidence, Keran, malgré tout l'amour qu'il lui avait porté, n'était pas parvenu à la mettre à l'aise avec ses sentiments envers les autres.

Elle avait tout de même parlé à l'équipage du retour d'Aléanore. La situation était compliquée mais une chose était certaine, ils avaient tous envie qu'elle revienne parmi eux. Même la jeune femme, terrassée par la peur d'être déçue, avait finalement décidé de ne pas la laisser repartir sans lui avoir parlé.

La mer et le ciel, apaisés, semblaient s'être accordés pour laisser un peu de répit aux pirates qui en avaient bien besoin. Le bateau, pas encore au meilleur de sa forme, fendait les flots avec délicatesse suivant le doux rythme des vagues. Elle posa le regard en direction de Trois boutons qui, assis sur un fût, contrôlait, consciencieusement, les nœuds des cordages. Elle hésita un instant puis se décida à se diriger vers lui. Quand il sentit sa présence à ses côtés, il leva les yeux vers elle, délaissant pour un instant son ouvrage.

— Ça va, capt'ne ?

La jeune femme ne savait pas comment aborder les

choses mais elle était bien décidée à se lancer. Elle voulait savoir si Valère lui avait encore une fois menti ou si, cette fois, il avait été honnête avec elle concernant le soir de la mort de son père. Il lui avait certes effacé la mémoire, mais peut-être que Trois boutons mentionnerait quelques détails qui pourraient lui permettre de se faire son propre jugement.

— Te souviens-tu du soir où mon père a été tué ?

Les yeux du pirate se voilèrent d'un mélange d'étonnement et de meurtrissure. Comme tout l'équipage, il s'en voulait de n'avoir pas su défendre son bateau et son capitaine. Sa fierté en avait pris un coup. Lui, que Keran avait maintes fois sauvé de la mort, n'avait pas su lui rendre la pareille.

— Je ne suis pas des plus malins mais j'ai de la mémoire ! grogna-t-il.

Il n'était pas homme à réagir de la sorte, mais la douleur était encore trop forte. Opale s'embruma de sa maladresse.

— Je sais cela, voyons, lui répondit-elle en posant sa main sur son épaule.

Gêné, il reprit les cordages pour s'occuper les mains.

— Pardon, capt'ne, j'voulais pas m'énerver… Y a eu trop de choses dures à avaler, opposa-t-il en reniflant un peu maladroitement dans sa chemise pour se donner un semblant de consistance.

— Oui, je sais. J'ai juste besoin de savoir si tu te rappelles avoir aperçu Valère sur le pont ce soir-là.

L'homme fronça le regard, creusant dans ses souvenirs qu'il aurait préféré laisser terrés au fond de lui.

— Je me rappelle les cris, le feu, deux hommes de Gross à terre, pas loin de moi…

— Quelqu'un à côté d'eux ? l'interrompit-elle.

Il sembla chercher à nouveau dans sa mémoire.

— Non, ils étaient morts mais je ne me souviens de personne…

Opale parut soulagée. Finalement, Valère, lui avait peut-être dit la vérité. Elle espérait tant au fond d'elle que ce soit un homme bien.

— Pourquoi tu veux savoir ça ?

— Je t'expliquerai mais pas maintenant, lui répondit simplement Opale pour éviter une conversation qu'elle ne désirait pas avoir ici et maintenant.

— Capt'ne, bateau à bâbord ! hurla la vigie du haut de sa plate-forme d'observation dans la mâture.

Opale se rendit d'un pas décidé vers le bastingage, rejointe par Toren qui lui tendit la longue-vue. Elle dirigea l'objet en direction du navire en question. Elle effectua un léger réglage et le géant des mers envahit lentement la lentille. Une coque entièrement sculptée, des sabords dorés à l'or fin, une proue, représentant Poséidon, le roi des mers surplombé d'une couronne d'épines en bronze, reconnaissable entre mille. Elle n'eut pas de doute. Le capitaine n'eut même pas besoin d'attendre de voir le pavillon se dresser pour ôter la longue-vue et regarder Toren.

— *Le Majestueux*, prononça-t-elle sur le qui-vive.

— Le navire royal par ici ? Alors, ils sont au courant et ils viennent pour lui.

— Pour lui et pour l'amulette. Mais comment pourraient-ils savoir qu'il est sur le *Blue Whale* ?

— Je n'en sais rien mais je ne pense pas qu'ils nous aborderont bien gentiment pour nous poser la question.

— Ça, il n'y a pas de doutes.

— Capt'ne, je suppose que je n'ai pas besoin de te dire que même si notre bateau était au meilleur de sa forme, nous serions incapables de tenir un siège face à ce navire…

— Oui, j'en suis bien consciente. Fais mettre le sorcier dans la double cale avec le reste de nos secrets et laissons-les venir à nous. Ils pourront fouiller tant qu'ils voudront, ils ne trouveront rien. Nous leur dirons que nous l'avons déposé sur l'île verte. Le temps qu'ils s'y rendent, nous aurons pris le large.

— À tes ordres, capt'ne.

Toren commença à se diriger vers Vans pour lui faire part de la décision d'Opale quand celle-ci l'interpella à nouveau.

— Toren, va récupérer le tricorne de mon père et couvre-toi avec. Autant qu'ils pensent que Keran Everley est encore en vie. Cela les fera au moins douter sur ce qu'aurait pu raconter l'équipage de Gross sur nous… Au cas où, on n'est jamais trop prudent.

Le second hocha positivement la tête et passa la porte menant à l'intérieur du bateau.

Chapitre 23

Opale ne quittait pas le navire royal des yeux. Plus il s'approchait, plus le *Blue Whale* paraissait minuscule par rapport à ce monstre des mers.

Vu le nombre de sabords incrustés dans son flanc, les canons devaient se compter par centaines. L'équipage avait reçu l'ordre de les laisser s'approcher sans montrer d'agressivité. Même si les hommes du roi étaient bien plus nombreux, il serait plus facile de faire face dans un combat au corps à corps que de répondre aux salves des canons. Chacun avait affûté son arme et se tenait prêt à se battre si nécessaire. Par précaution, les artilleurs avaient ouvert les mantelets de sabord et commencé à reculer les canons à bout de brague [20].

La jeune femme sentait que quelque chose n'allait pas. Le navire royal continuait à venir à eux sans signes distinctifs de ce qu'il comptait faire. Il n'avait dressé aucun étendard mis à part celui du dragon ancestral du royaume de Shall. Vans se mit à côté de son capitaine.

— Tu penses qu'ils vont nous attaquer ?

— Je ne sais pas. S'ils savent pour Gross ou pour le sorcier, je ne vois aucune raison pour qu'ils nous traitent avec complaisance, mais nous ne sommes pas assez rapides. Nous n'avons pas vraiment d'autre choix, s'agaça Opale.

— Les hommes sont prêts à résister, lui confirma alors Vans.

— Je sais, répondit-elle en scrutant le vaisseau s'approcher dangereusement.

Soudain, une détonation se fit entendre. Ils avaient mis le feu aux poudres et attaquaient sans sommation.

— BOULLLLEEETTS ! hurla la vigie.

Les hommes du *Blue Whale* se mirent en action, prêts à en découdre. Si les premiers boulets atterrirent non loin du navire, ne créant qu'une secousse faisant tanguer une première fois le navire, la deuxième salve atteignit une partie du gréement qui s'écroula sur le pont et dans les eaux agitées.

Même si cette option n'avait pas été envisagée, il était dès lors définitivement impossible de s'échapper. Les artilleurs se démenaient et ils avaient beau être habiles, le bateau pirate ne possédait pas assez de canons pour répliquer à la mesure de leurs attaquants. Opale et Vans, qui avaient couru jusqu'au mât déchiqueté par les tirs, aidaient les hommes blessés à se mettre à couvert tandis que les autres tentaient tant bien que mal de trouver des solutions de fortune pour réparer les dégâts. Des débris de voiles et de cordages tombaient du ciel comme de la pluie. Toren, revenu sur le pont, coiffé du tricorne de Keran, ne put que constater les dégâts qui s'accumulaient. Des hommes encore valides s'agitaient autour des vergues tombées au sol pour secourir leurs amis inanimés. D'autres évacuaient comme ils pouvaient les eaux envahissantes qui, à certains endroits, n'étaient plus arrêtées par le bastingage dès lors détruit.

Les artilleurs du *Blue Whale* avaient certes réussi également à provoquer quelques dégâts à leurs adversaires mais pas assez pour les arrêter dans leur course folle. Le Blue Whale était peut-être en train de vivre ses dernières minutes.

Chapitre 24

Le navire tangua violemment et l'eau envahit une nouvelle fois la proue du bateau. Opale s'accrocha vaillamment à l'une des cordes alors qu'elle allait se faire happer par une vague.

Elle poussa un long cri sourd pour se donner la force de se retenir. Malgré les ripostes adroites de ses artilleurs qui mettaient à mal le navire de guerre du roi, des salves de boulets percutaient la coque du *Blue Whale* à rythme régulier. Si l'eau continuait à s'engouffrer à cette allure, les hommes devraient quitter le navire où ils périraient tous au fond des océans. Elle savait que si le bateau coulait, tout l'équipage serait alors à la merci de la mort ou à celle de leurs ennemis. Ce qui finalement reviendrait au même car s'ils étaient jugés pour piraterie, c'est au bout d'une corde qu'ils finiraient tous.

Alors qu'une nouvelle vague salée frappa son visage, elle pensa à Valère enfermé dans la cale du navire. Elle devait le libérer. Elle n'avait plus le droit dans un tel moment de réprimer ce qu'elle éprouvait pour lui. Elle regarda Toren qui comprit ce qu'elle voulait faire et qui acquiesça d'un mouvement de la tête. Sa main dégagea ses cheveux trempés de son visage. Elle se rua, non sans mal, vers la porte pour accéder à l'intérieur du bateau.

Ballottée dans les coursives étroites et dont l'étanchéité avait été mise à mal, elle tentait d'avancer jusqu'aux cales. Le bruit du bois craquait de toute part et menaçait de céder sous le poids des assauts ennemis. Dans ces conditions, courir n'était pas aisé. L'eau qui avait commencé à envahir le bateau la freinait dans sa course. Plus elle progressait, plus le clapotis de ses bottes dans les flaques se faisait discret, étouffé par le surplus d'eau qui s'était accumulé au fond du bateau. L'eau salée jusqu'au niveau de ses genoux, les derniers mètres lui parurent interminables. Pourtant, elle ne se laissa pas aller au désespoir, ce n'était pas dans ses habitudes. La porte menant aux cales était enfin devant elle. Elle attrapa la poignée et tira de toutes ses forces pour l'ouvrir, mais sans succès. Elle paraissait bloquée. Elle insista, y mettant toute sa rage et finit par réussir, non sans difficulté.

Quand la porte de déverrouilla, Opale fut poussée violemment en arrière, mue par la force de l'eau qui s'était immiscée dans une bonne partie de l'accès aux cellules. Sans hésitation pourtant, elle plongea dans cette déferlante d'eau trouble qui lui arrivait déjà au-dessus des hanches et se mit à nager entre les caisses de provisions et autres objets flottants. Une nouvelle détonation fit trembler le navire et Opale se retrouva projetée contre l'une des parois. Dans un grondement sourd, une coulée d'eau, plus importante encore, pénétra les lieux. Elle en était maintenant persuadée, le Blue Whale vivait ses dernières minutes. Ses bras et ses jambes se remirent en mouvement dans une eau qui atteignait à présent sa poitrine.

Elle aperçut enfin le sorcier essayant de se maintenir à flot. Ses mains étant encore entravées, il n'avait donc pas la capacité d'utiliser ses pouvoirs. À cet instant, elle se maudissait de l'avoir laissé enfermé ici.

— VALÈRE ! cria-t-elle pour attirer son attention.

Le jeune homme, surpris, la chercha du regard et posa les yeux sur la voix qui venait de l'interpeller.

— Opale, souffla-t-il en l'apercevant.

Après la discussion qu'ils avaient eue, il n'était pas certain qu'elle vienne à son secours. Pourtant, elle était là. Elle avait bravé les dangers des eaux pour descendre jusqu'ici. Opale tâta son pantalon pour en extraire les clés de sa poche, lorsqu'une nouvelle détonation fit cette fois se renverser la cabine.

Dans un craquement effroyable, le *Blue Whale* se trouvait maintenant sur son flanc. La jeune femme espérait que son équipage avait trouvé un quelconque subterfuge pour se sortir du bateau et pour échapper à la noyade. Elle ôta ces pensées angoissantes de son esprit. Une chose après l'autre aurait dit son père. Il fallait d'abord sortir Valère d'ici, puis elle retournerait se battre pour eux. Elle se remit à nager en direction de la cellule et s'accrocha aux barreaux. Elle n'apercevait plus le sorcier. Espérant de tout son cœur qu'il ne se soit pas noyé, elle plongea sa tête dans l'eau bouillonnante. Il était quasi impossible de voir quoi que ce soit. Elle devait absolument pénétrer à l'intérieur. Elle allait sortir la clé quand elle sentit une main la frôler. Elle aperçut enfin son visage marqué par la souffrance et l'épuisement. Son cœur s'emballa sous l'effet de l'adrénaline. Il était encore vivant. D'une main, elle sortit sa dague, tandis que de l'autre, elle essayait de résister au courant qui voulait l'éloigner de lui. Opale, dont l'eau avait presque atteint le visage, remontait à la surface par intermittence pour reprendre la force nécessaire d'aller jusqu'au bout. Elle poussa plusieurs fois sur ses jambes pour atteindre la corde qui entravait les mains du sorcier. Chaque entaille qu'elle infligeait à la corde était une petite victoire mais tous deux commençaient à manquer d'oxygène et de force.

À travers les barreaux, elle finit par le libérer, scindant la corde que les courants emportèrent au loin. Les deux jeunes gens remontèrent à la surface de l'eau pour respirer. Suffoquant dans le peu d'espace qui restait, ils se regardèrent. Ce n'était pas le moment pour les grandes déclarations mais à leurs yeux, les choses étaient évidentes. Il restait peu de temps avant que la cale soit entièrement envahie. Égale à elle-même, Opale se ressaisit et replongea dans l'eau pour essayer d'ouvrir une nouvelle fois la porte de la geôle.

Malheureusement, déjà bien abîmée par l'usure du temps, elle n'appréciait guère l'épreuve de l'eau. Tandis que le bateau tanguait, incontrôlable, comme un cheval fou lancé à vive allure, elle poussait tandis que Valère tirait de son côté, une énième fois, de toutes ses forces pour la débloquer mais en vain.

Les deux jeunes gens remontèrent alors à la surface de l'eau. Il restait maintenant à peine quelques centimètres entre la coque et l'eau. Le bateau subit un nouveau choc les envoyant valser chacun de leur côté. Le navire venait de subir une nouvelle salve, laissant un trou béant dans la coque du côté de Valère.

Harassés, ils se retrouvèrent une nouvelle fois l'un en face de l'autre.

— Sors par là ! lui cria la jeune femme toujours fermement accrochée en lui indiquant le trou dans la coque.

Valère la regarda alors en fronçant le regard. Il avait peur de comprendre ce qu'elle essayait de lui dire.

— TOI D'ABORD ! insista-t-il alors qu'à son tour il s'accrochait aux barreaux près d'elle, lui indiquant la sortie encore accessible des geôles.

— JE NE PEUX PAS ABANDONNER MON NAVIRE. IL COULE, JE PARS AVEC LUI, cria-t-elle pour qu'il l'entende par-dessus le grondement des bombardements et du mouvement de l'eau.

Leurs deux visages étaient à présent quasiment immergés par l'eau trouble de la mer déchaînée. Tous deux luttaient pour trouver le peu d'air qu'il restait.

— Hors... de... question... que... je t'abandonne ici ! ânonna-t-il, la respiration hachée.

— Tu vas devoir... te faire à... cette idée. Le bateau coule... et moi avec.

— Alors personne ne va couler !

Avant qu'elle n'ait pu comprendre ce qu'il avait dit, Valère fit un mouvement vers elle, se colla contre les barreaux, la saisit par les hanches et plaqua ses lèvres contre les siennes. C'était un baiser brut mu par une rage irrépressible. Assoiffées par l'amour qu'ils tentaient l'un et l'autre de réprimer, leurs lèvres se goûtèrent comme si elles avaient attendu ce moment toute leur vie. Alors que la cale était presque entièrement sous les eaux, aucun des deux ne voulut se décoller de l'autre. La mort leur paraissait finalement moins douloureuse que de vivre l'un sans l'autre.

Chapitre 25

À la surface de l'eau, l'équipage survivant, qui avait fui le *Blue Whale*, avait été fait prisonnier par le navire royal et se trouvait sur le pont du Majestueux.

Désespérés, ils regardaient leur bateau en train de vivre ses derniers instants. Toren, qui avait été éjecté du navire lorsqu'il s'était retourné, cherchait la jeune fille du regard. Ses yeux, noyés par un angoissant pressentiment, balayaient le pont.

Il allait se ruer à l'eau pour rejoindre son bâtiment de bois prêt à sombrer, lorsqu'une lame se glissa sous sa gorge.

— Serait-ce le capitaine ? se gaussa un homme à la coiffe arrogante de capitaine et au costume chargé de fioritures, visiblement attiré par le tricorne détrempé que Toren tenait dans une de ses mains.

Mu par la rage, il tenta de se dégager. Une entaille, heureusement superficielle, vint se dessiner sur sa peau, laissant le sang de sa gorge s'écouler sur sa chemise. Le gradé lui asséna alors un coup de crosse dans le dos pour l'arrêter et Toren se retrouva à terre.

— Tu ne perds rien pour attendre, rat de cale ! lui hurla le capitaine en levant à nouveau la main vers lui.

— Arrêtez, Brody ! ordonna une voix à l'officier du navire.

Hautain, Valssar, enroulé dans un manteau noir, s'avança vers le prisonnier et lui fit signe de se lever. Toren se releva d'un bond, le narguant du regard.

— Avez-vous trouvé l'objet ? cracha-t-il au capitaine.

— Pas encore, monsieur, mais je suis sûr qu'il détient ce que nous sommes venus chercher.

— Et donc, vous coulez son bateau avant d'en être certain !? Bougre d'andouille, ragea-t-il au bord de la crise de nerfs.

— Je… mais… Brody se mit à bafouiller et à réaliser que mu par l'envie de passer le *Blue Whale* par les armes, il en avait oublié l'essentiel… récupérer l'amulette !

— Si l'amulette coule avec le bateau, je vous jure que je vous fais écarteler vivant !

Valssar se retourna vers Toren.

— Où sont l'amulette et le jeune Domliase, capitaine Everley ?

— Je ne sais pas de quelle amulette vous voulez parler ni qui est ce Dom… diase… ! répondit-il en se trompant bien volontairement sur son nom.

— Allons, nous savons qu'il est parti sur votre bateau. Il a volé le roi et en le protégeant, vous en devenez le complice. Dites-nous s'il était sur le bateau et votre équipage aura la vie sauve. Il sera déposé sur l'île la plus proche. Vous avez ma parole. Le roi Tirak sait être un homme clément.

— La vie de votre équipage ne vaut rien à vos yeux ?

— La vie de l'équipage du *Blue Whale* est tout pour moi mais vous vous trompez de bateau ! Maintenant si vous voulez savoir si lui et ce truc dont vous parlez étaient avec nous, envoyez vos hommes au fond de l'océan !

Valssar bouillait de rage. Cet imbécile lui tenait tête, ce stupide capitaine Brody avait coulé le bateau et il n'avait rien à ramener au roi. Si au moins il était certain que l'amulette reposerait au fond des eaux… Il devait faire parler ce bougre de pirate.

— On m'avait dit que le capitaine du *Blue Whale* avait un fort caractère. Voyons comment vous réagirez quand vos hommes seront exécutés devant vous ! persifla-t-il. Brody, une planche ! Il paraît que vous êtes de friands adeptes de ce supplice… voyons donc si cela fonctionne aussi bien qu'on le dit.

Le capitaine, honteux, s'agita, ordonnant à ses hommes de l'installer. Les militaires attachèrent alors, au-dessus de l'eau, une grande planche de bois suspendue sur un côté du navire. Il s'approcha de Toren pour le faire avancer mais Valssar l'interrompit.

— Non pas lui, voyons, imbécile. Il fit signe d'amener Vans.

L'homme au visage ensanglanté, peinait à tenir debout. Ils le frappèrent pour le faire avancer, mais à bout de force, il n'en était plus capable. Ils le traînèrent alors comme un vulgaire sac de sable sur le plancher du navire. Toren braqua ses yeux sur son ami de toujours.

— Attachez-lui les mains !

Ils lui mirent les mains derrière le dos et les entourèrent d'une corde. Vans manqua de s'évanouir sous la douleur, ses plaies ouvertes aux membres supérieures s'étant réouvertes sous la violence des deux hommes. Ils le firent monter sur un tonneau non sans difficulté et le poussèrent pour qu'il avance vers ce bout de bois qui allait le mener à sa mort prochaine. Toren fit un geste prêt à intervenir. Vans hocha la tête négativement, regarda l'équipage du *Blue Whale* et les salua avec une certaine fierté dans le regard. Avec un grand respect, ils firent de même, inclinant la tête. Il tourna alors la tête vers l'horizon.

— Regardez bien, prisonniers ! apostropha le capitaine. Cet homme va mourir puis vous tous, vous le suivrez !

Les hommes du roi se mirent alors à rire, pendant que le reste de l'équipage du *Blue Whale* manifestait leur rage par des cris. L'homme brandit alors son arme vers Vans et la pointa dans sa direction.

— AVANCE ! lui hurla-t-il.

Vans se mit alors à avancer lentement quand un grondement, au départ sourd, puis de plus en plus fort se fit entendre. Les exclamations et les rires s'interrompirent soudainement quand le bateau royal se mit à trembler. Vans tomba sur la planche sans heureusement finir à l'eau. Tous les regards se tournèrent alors vers la mer.

Les yeux écarquillés, plus aucun son ne sortait des bouches des spectateurs du miracle se produisant devant eux. Le *Blue Whale* se mouvait hors des eaux comme si une force surhumaine soulevait le bateau à la surface. L'eau se déversait, telles des centaines de torrents, par les trous et les crevasses de la coque, vestiges des boulets lancés par les canons. Lentement, il renaissait des eaux qui venaient de l'engloutir. Tandis que ce spectacle avait fait taire les membres stupéfaits de l'équipage du roi Tirak, un tourbillon se forma en pleine mer non loin du *Blue Whale*. Dans cet ouragan d'eau se profila l'*Oracle*. Le bateau fier et combatif venait d'apparaître aux yeux de tous. L'équipage d'Aléanore venait de rejoindre la bataille. Le *Blue Whale*, lui, s'écrasa violemment sur l'eau révélant, auréolés de magie, Opale dans les bras de Valère debout sur la proue de son navire.

Chapitre 26

Valssar, terrifié par le spectacle qui se produisait devant lui, sentait qu'il n'avait pas gagné la partie et qu'au contraire, il avait réveillé des forces qui auraient mieux fait de rester endormies.

Les hommes du *Blue Whale* hurlaient leur joie de voir à la fois leur navire revenir à eux mais de savoir qu'Aléanore ne les avait finalement pas abandonnés une deuxième fois.

— Eh bien, qu'attendez-vous, imbéciles ? Coulez-moi ces navires ! Faites quelque chose ! hurla-t-il au capitaine du trois-mâts.

Atterré, celui-ci le regarda quelques secondes sans réagir puis se mit à hurler ses ordres à des hommes terrorisés par la magie et, par là même, bien peu enclins à l'écouter. Les pirates, réanimés par la vue d'Opale et d'Aléanore, se ruèrent alors sur leurs gardiens. Désarmés, c'est à coups de poing, à coups de pied et d'objets récupérés devant eux qu'ils entamèrent le combat. Toren courut immédiatement en direction de Vans pour sortir son vieil ami du pétrin dans lequel il se trouvait. D'une main ferme, il parvint à l'attraper de justesse avant qu'il ne lâche la planche à laquelle il s'était accroché.

L'Oracle, qui, comme par magie, avait fendu les eaux à vive allure, se trouva en quelques minutes à côté du *Majestueux* qui, cette fois, le paraissait beaucoup moins. L'équipage du roi n'avait pas eu le temps de réagir et se trouvait abordé par l'équipage de l'*Oracle*. Les magiciens, déchaînés par tant d'années de frustration, lançaient leurs sorts, mettant à mal cette armée.

Aléanore sauta sur le pont du Majestueux. Une épée à la main, elle se ruait déjà sur ceux qui osaient se placer devant elle. Elle n'avait rien perdu de son talent de combattante. Elle maniait l'épée avec finesse et réalisme, virevoltant d'adversaire en adversaire, tailladant, coupant, tranchant à vive allure. Elle avait mis à terre une dizaine d'opposants quand elle parvint à la hauteur du capitaine Brody. Elle leva son épée l'invitant ainsi à accepter le duel. L'homme l'examina avec dédain. Une femme qui s'aventurait à vouloir se mesurer à lui. L'insolente devait être folle pour espérer le vaincre. Presque amusé, il ôta sa coiffe, tira son épée restée jusque-là, par excès de confiance ou simple bêtise, dans son fourreau, et se mit en garde. Sans préavis, il se rua sur elle, elle para le coup et en esquiva un deuxième. Le sourire aux lèvres, il enchaîna les attaques qu'elle évitait à chaque fois avec une certaine aisance. Aléanore le laissait croire qu'il prenait l'ascendant sur elle et, au moment où il baissa sa garde, le capitaine de l'*Oracle* le frappa à la jambe. Il poussa un hurlement au contact de la lame sur sa cuisse.

En rage, il posa sa main sur sa plaie ensanglantée, se redressa et se jeta à nouveau sur elle. Mais il était trop tard, l'homme, déstabilisé, avait déjà perdu la partie. Il menait le combat maintenant comme un novice. En deux parades et trois nouvelles attaques, il termina au sol, désarmé. Aléanore ne lui laissa aucune chance de s'expliquer ou de réclamer sa pitié, elle lui planta son épée dans le cœur. L'homme au regard figé de terreur rendit son dernier souffle. Aléanore retira la lame et l'essuya sur la veste de sa victime puis regarda autour d'elle. Les hommes du roi se rendaient les uns après les autres. Le *Majestueux*, illuminé par des jets de magie, rendait les armes. Elle tomba nez à nez avec Toren qui soutenait Vans. Elle ne le reconnaissait pas encore, mais elle avait la sensation qu'elle pouvait lui faire confiance. Elle s'approcha des deux hommes.

— Je suppose que je suis censée être heureuse de vous

revoir…

— Oh, que oui ! Nous t'avons sûrement manqué pendant ces années, enfin moi plus que ce gredin, s'enjailla le second en regardant Vans.

— Je n'en ai pas le moindre souvenir mais cela reviendra, exprima-t-elle, un léger rictus au coin des lèvres. Et lequel est donc mon époux ?

Le visage des deux hommes se ferma aussitôt. Ils baissèrent les yeux pour éviter de devoir être ceux qui lui annonceraient qu'il n'était plus. Elle n'eut pas besoin d'en savoir plus, elle avait compris. Elle n'éprouvait pas encore de peine. Le temps de la tristesse arriverait bien assez tôt quand elle retrouverait la mémoire. Aléanore tourna alors le regard en direction du *Blue Whale* qui redescendait lentement sur les eaux. Elle prit entre ses mains l'amulette qu'elle avait glissée sous sa chemise autour de son cou. Le coquillage s'était illuminé, brillant de mille feux, il laissait apparaître des symboles dont l'un ressemblait étrangement à des vagues entrelacées. Elle fixa alors les deux silhouettes qui, au loin, étaient encore serrées l'une contre l'autre.

L'étranger de la mer
garde en lui un mystère,
aventureuse rébellion,
à la recherche de la trahison.

Chapitre 27

Opale et Valère avaient perçu la magie les emporter hors de l'eau. Pour autant, ils ne s'étaient pas séparés l'un de l'autre, comme si leurs lèvres et leurs corps étaient liés par un sort puissant.

Le *Blue Whale*, auréolé d'une lumière orangée, fendait les airs pour, tel un phénix des mers, revenir à flots. Quand le bateau se posa délicatement à la surface de l'eau, Opale sentit Valère lui échapper. Le jeune homme s'écroula sous les yeux de la pirate. Elle se jeta au sol près du corps inerte du sorcier. Le visage livide, la respiration à peine perceptible, Valère ne répondait plus aux paroles que prononçait Opale. Elle avait beau l'appeler, tapoter ses joues, secouer son corps, il ne donnait que de très faibles signes de vie. Elle se leva, observa autour d'elle mais il n'y avait plus âme qui vive. C'est alors qu'elle vit s'approcher l'Oracle. Le bateau de sa mère aborda avec délicatesse le *Blue Whale.*

Aléanore posa le pied à terre au côté de Toren. L'homme courut en direction d'Opale qu'il ne se retint pas cette fois de prendre dans ses bras. La jeune femme lui rendit son étreinte, soulagée de ne pas l'avoir perdu lui aussi. Gênés par cette effusion dont ils n'avaient ni l'un ni l'autre l'habitude, ils finirent par se séparer. Opale se figea alors dans les yeux de celle qui l'avait mise au monde. Elle n'en avait aucun souvenir mis à part ceux qu'on lui avait contés. Aléanore, de son côté, ne la reconnaissait pas non plus. Elle éprouvait pourtant au fond d'elle quelque chose de profond. Même si la mémoire lui était rendue, elles mettraient probablement du temps à s'apprivoiser mais ce n'était ni l'heure ni le lieu. Elle se pencha alors au-dessus du sorcier inanimé.

— Il faut l'amener auprès de l'*Oracle*. Aidez-moi à le transporter, les enjoignit-elle.

Les trois pirates attrapèrent le jeune homme et montèrent à bord du navire. Des hommes d'Aléanore vinrent leur prêter mainforte pour le descendre le plus délicatement possible dans la cabine.

Quelques minutes plus tard, ils pénètrent alors dans les lieux. Elle fit signe à un de ses hommes de pousser le fauteuil jusqu'à eux pour déposer le corps de Valère. Opale ne put s'empêcher de détailler l'endroit qui connaissait bien mieux sa mère qu'elle. La pièce, peu éclairée, montrait une certaine sobriété. Une couverture de laine grise impeccablement appliquée sur le lit, une petite commode avec quelques livres posés dessus, et un fauteuil. Elle regarda sa mère tirer un rideau de velours et aperçut une statue immaculée. C'est avec stupeur qu'elle la vit s'animer.

— Le voilà enfin, le fils du créateur ! se réjouit-elle en l'apercevant assis devant elle.

— Fais quelque chose ou il va mourir, ordonna sévèrement le capitaine de l'*Oracle*.

— Il ne va pas mourir, il est seulement affaibli. Il a trop puisé dans ses ressources.

— Quand va-t-il revenir à lui ?

— Quand il ira mieux.

— Ça, j'avais bien compris ! mais quand, ragea-t-elle.

— Pourquoi y a-t-il tant de colère en toi ?

— Pourquoi ? Pourquoi ! Tu veux qu'on revienne sur ce que tu m'as révélé. Je veux en finir avec tout cela, qu'il libère les sorciers et que je sois enfin libre de partir ! hurla-t-elle en arrachant de son cou l'amulette illuminée.

Le regard de l'oracle s'agrandit de surprise en voyant

l'objet éclairé de la sorte.

— Depuis quand s'est-elle réveillée ?

— De qui parles-tu ?

— De l'amulette d'Azraé. Depuis quand ?

— Il y a peu…

— L'a-t-il touché ?

— Non, il avait déjà sombré quand je l'ai trouvé.

— Pourquoi cela a-t-il de l'importance ? intervint alors Opale.

L'oracle qui, jusque-là, n'avait pas prêté attention à la présence de la jeune femme, détourna le regard vers la voix qui venait de l'interpeller.

— Voici donc la fille du capitaine au bras d'écailles…

Opale regarda sa mère saisie par cette appellation. Aléanore décala sa manche pour laisser apercevoir la marque en question. C'était donc bien vrai. La jeune femme esquissa un sourire en dévoilant un dessin identique incrusté au même endroit. Une larme se forma au coin des yeux du capitaine de l'Oracle. La statue de marbre ne parvint pas à cacher sa surprise devant ses deux capitaines au bras d'écailles.

— Tu as aussi la marque ! s'étonna-t-elle.

— Vous n'aviez pas vu cela dans votre tête de cristal ? interrompit Aléanore, acerbe.

La statue ne s'offusqua pas de sa pique, allant même jusqu'à l'ignorer.

— Se pourrait-il que la prophétie parlât de toi, finalement ?

Cette fois, Aléanore n'avait plus envie d'ironiser.

— Explique-toi, la somma-t-elle.

— Le sorcier était bien sur ton bateau, n'est-ce pas ?

demanda l'Oracle en s'adressant à la jeune femme.

— Oui, pourquoi ?

— Le sorcier était avec toi et l'amulette s'est illuminée alors qu'elle n'était pas à son contact…

— Et alors ?

— S'est-il passé quelque chose d'inhabituel quand vous étiez ensemble ?

— Mis à part qu'on a failli finir au fond de l'eau ? brocarda-t-elle.

— S'est-il passé quelque chose entre vous ? précisa-t-elle, toujours imperturbable.

Opale, embarrassée par la question, se mit à rosir. Elle qui avait du mal avec ses sentiments ne se voyait pas raconter à une statue ensorcelée qu'il l'avait embrassée.

— Tu dois répondre. Il en va de l'avenir des sorciers, gronda l'oracle.

— L'avenir des sorciers ! Plaisanterie ! Ce n'était qu'un baiser ! ragea la jeune femme exaspérée.

Elle sentit tous les yeux se poser sur elle et se rendit compte alors que son impulsivité l'avait fait réagir, passant outre sa réserve naturelle.

— C'est donc toi…

— C'est moi, quoi ?

— La prophétie parlait de toi.

L'ambiance électrique parut encore plus étouffante.

— De moi ? Que voulez-vous dire ?

L'oracle lui conta, comme elle l'avait fait à sa mère, la prophétie. Cette fois, tous apprenaient la vérité sur ce qui était arrivé à la mère d'Opale. Une larme coula le long de la joue de Toren qui comprenait enfin le sacrifice d'Aléanore. Car, si elle lui avait fait promettre d'empêcher Keran de la suivre dans le torrent d'eau déchaînée, elle ne lui avait pas pour autant expliqué son choix. Le pirate avait beau faire preuve d'une grande force de caractère, il n'en était pas moins un être sensible qui venait de réaliser que tout cela aurait pu être évité. Mère et fille étaient restées étonnamment silencieuses. Opale sentit une immense fierté de penser que sa mère s'était en quelque sorte sacrifiée pour sauver son père. Opale qui ne souhaitait pas laisser cette ambiance nostalgique s'installer, reprit son ton tranchant.

— Bien, nous avons toutes les deux la marque, elle ou moi, peu importe… Que doit-on faire maintenant pour libérer vos foutus sorciers.

— Pose l'amulette autour de mon socle, je dois comprendre… Peut-être me parlera-t-elle…

Aléanore ne chercha pas cette fois à se moquer et évita même de lui signaler qu'elle aurait pu avoir cette idée avant. Elle voulait en finir et quitter ce bateau au plus vite pour tenter de retrouver sa vie d'avant… si c'était encore possible. Elle ôta le collier de son cou et le posa autour du buste blanc. L'oracle ferma brièvement les yeux.

— Mets tes mains sur mon visage, ordonna-t-elle à la jeune femme sans rouvrir les yeux.

À la fois dubitative et préoccupée, elle s'exécuta tout de même, sous le regard scrutateur de sa mère. L'amulette rayonna de plus belle, laissant apparaître de nouvelles marques. Toren constata que les dessins tournaient autour du coquillage et que seul un endroit restait vide.

— Prends la main du fils du créateur et laisse l'autre main sur mon visage, prononça l'oracle.

Opale ouvrit grand les yeux, ne sachant pas où elle voulait en venir. Toren l'encouragea d'un mouvement de la tête. Elle ôta une de ses mains du marbre froid et vint la poser sur la main inerte de Valère. À cet instant, l'amulette s'embrasa, éblouissant les spectateurs de la scène. Elle se détacha du cou de l'oracle et vint tomber au sol. Une sorte de tourbillon de lumière jaillit, libérant ainsi la dizaine de sorciers qui en étaient prisonniers. Parmi eux, Azraé, dans sa robe de soie immaculée, les observait avec gratitude. Elle s'avança lentement vers la jeune femme et l'oracle sous les yeux sidérés des trois pirates.

— Vous avez toute la gratitude, déclara-t-elle d'une voix aussi mélodieuse qu'une sirène. — Elle prit la main d'Opale dans les mains. — Tu as sauvé notre peuple et nous ne l'oublierons pas.

— Je ne comprends rien… Pourquoi moi… ? répondit Opale, désorientée.

Azraé lui sourit.

— Parfois, les choses s'écrivent en gardant leur secret… mais sache que si tu veux le découvrir, tu devras partir en quête de tes ancêtres. Elle prit son bras, leva délicatement la manche de sa chemise bouffante et lui toucha sa marque qui s'illumina quand elle l'effleura.

Opale fixa sa mère pour qu'elle l'éclaire sur ce qu'elle venait de dire mais celle-ci, qui n'avait jamais connu que son père, ne pouvait rien lui dévoiler de ce qu'elle aurait aimé savoir.

Azraé se tourna alors vers l'oracle, radieuse.

— Merci à toi, Tradora Phese, sorcière suprême de l'île de Ban de ne jamais avoir abandonné.

Le buste s'inclina avec affection. La sorcière s'inclina avec respect devant Aléanore qui sembla gênée par cet honneur.

— Merci aussi à toi, Aléanore Snow d'avoir pris soin de notre oracle. Ne sois pas surprise que je connaisse ton nom… j'étais emprisonnée mais point aveugle.

Elle se retourna enfin vers le jeune sorcier encore inanimé.

— Et voici donc notre valeureux sorcier.

Elle posa ses mains sur les joues livides du jeune homme. Une lumière orangée entoura son visage qui commença à reprendre lentement des couleurs. Ses paupières se mirent à vibrer légèrement sous l'effet de la magie. Il finit alors par ouvrir les yeux. La sorcière n'eut pas besoin de lui révéler qui elle était, il savait. Les premiers mots qu'il prononça furent pour celle qu'il avait sauvée des eaux.

— M'avez-vous pardonné, mademoiselle Everley ?

Cette fois, Opale se laissa aller et lui adressa un sourire satisfait.

— Vous avez encore du travail à faire mais vous êtes sur la bonne voie, Votre Seigneurie.

Il lui rendit son sourire en guise de réponse.

— Maintenant, je crois que Sa Majesté Tirak et moi-même allons avoir une sérieuse discussion, prononça Azraé le regard froid. L'oracle, me feriez-vous l'honneur de m'accompagner avec votre navire pour lui rendre une petite visite ?

L'oracle lui adressa une réponse positive d'un hochement de tête.

— Je dois peut-être m'enquérir auprès de votre capitaine — Elle s'adressa alors à Aléanore — Capitaine Snow, serez-vous des nôtres ?

Aléanore sembla réfléchir quelques secondes.

— Votre quête est sûrement justifiée et je comprends votre colère mais votre guerre n'est pas la mienne. J'ai perdu des années de ma vie auprès des miens et je n'aspire qu'à essayer de rattraper ce temps.

La sorcière de l'île de Ban acquiesça.

— Je vous comprends, capitaine de l'*Oracle.* Grâce à vous, ce bateau a traversé l'adversité des océans sans faillir et vous avez mérité de revenir auprès des vôtres.

Elle s'approcha d'Aléanore, posa ses mains sur son visage bruni par ses années en mer et ferma les yeux. Une lueur orangée scintilla au bout de ses doigts. Le capitaine se tendit comme si tout son cœur s'ébranlait. Des images défilaient devant ses yeux. Elle voyait le puzzle de sa vie défiler devant elle. Elle se voyait chevauchant la proue du Blue Whale, ses pieds effleurant les vagues créées par le navire fendant les eaux. Elle aperçut Toren jouer aux dés avec elle en dégustant un verre de rhum, Vans lui montrer de nouveaux cordages, Longue-vue lui expliquer comment cartographier les mers, Trois boutons, enfant, jouant avec quelques galets qu'il avait trouvés tel un trésor sur une plage récemment accostée. Enfin, elle le vit venir à lui, le cheveu noir, l'allure fière, Keran tenant dans ses bras la magnifique petite fille qui était devant elle aujourd'hui. Quand Azraé lui eut rendu tous les pans de sa vie oubliée, elle versa sa première larme… Keran n'était plus. Elle s'approcha de sa fille et la serra dans ses bras. Elles avaient tant de choses à se raconter.

Valère s'adressa alors à Azraé et aux autres sorciers massés silencieusement dans la petite cabine de l'oracle.

— Je resterai votre plus fidèle serviteur. Même si ce n'était pas sa volonté, mon père est à l'origine de votre enfermement et je vous dois ma vie pour réparer ce que vous avez tous subi. Je vous accompagnerai donc dans votre guerre contre Tirak.

Il sentit le regard d'Opale se poser sur lui. Il aurait tellement aimé pouvoir rester auprès d'elle, mais son devoir était ailleurs.

Azraé vint vers lui et lui prit les mains.

— Jeune Valère. Ta présence serait un honneur pour notre

peuple car je sais que tu vas devenir un grand sorcier, mais ta destinée n'est pas auprès de nous. Un autre chemin t'attend. Il ne sera pas facile mais tu sauras leur apporter toute l'aide dont elles auront besoin, répondit-elle en posant les yeux en direction de la mère et la fille.

Empli de gratitude, Valère se mit à sourire. Il se dirigea vers Opale et Aléanore et s'inclina.

— Accepteriez-vous un simple mathurin à bord de votre navire ?

Opale attendit que sa mère acquiesce d'un mouvement de la tête pour lui répondre.

— Si vous ne vomissez pas à longueur de temps, je pense que vous pourrez retrouver votre branle.

— Alors, toujours pas de cabine ?

— N'y comptez pas trop, acheva-t-elle dans un sourire.

Épilogue

Azraé, le vent dans les cheveux, regardait l'horizon qui venait à elle. Dans quelques jours, elle arriverait dans le royaume de Shall et comptait bien faire payer Tirak pour ce qu'il avait fait subir à son fiancé, son peuple et à elle-même.

Valssar, retrouvé caché dans un tonneau, était ligoté au grand mât de l'*Oracle* par des filaments de magie. Le fourbe avait bien essayé de monnayer sa vie en proposant d'aider à la capture de Tirak, mais Azraé qui détestait, par-dessus tout, la traîtrise, d'un sortilège, lui avait scellé la bouche pour que plus aucun son ne sorte de celle-ci. On n'entendait plus que ses gémissements qui ne lui seraient d'aucun secours.

Le temps de la vengeance avait sonné. Azraé, l'amulette qui l'avait tenue prisonnière autour de son cou, était prête à déchaîner sa colère.

Opale sortit sur le pont du *Blue Whale*. Un grand sourire se dessina sur son visage en contemplant le monde qui s'activait autour d'elle. Ils étaient tous là. Toren et sa mère semblaient se chamailler, une nouvelle fois, à propos probablement d'un détail sans importance. Valère, sous la surveillance bienveillante de Trois boutons, réalisait des nœuds. Même s'il y mettait beaucoup d'ardeur, il ne paraissait pas très adroit pour autant. Il remarqua sa présence et lui adressa un regard désœuvré qui la fit rire. La baleine avait retrouvé de sa superbe, bien aidée par la magie des sorciers.

Elle aurait aimé qu'il soit à ses côtés pour écrire les pages de la nouvelle aventure qu'ils allaient vivre. Dans le ciel, les nuages paraissaient dessiner le sourire du regretté capitaine du *Blue Whale.*

FIN

Le commencement ou la fin,
tout dépend du chemin.
Là où s'arrête l'histoire,
naît un nouvel espoir.

C'est le moment de dire merci ...

À toi, mon « tendre » directeur artistique, qui as toujours espoir que Netflix ou Amazon me contacte,

À mon fils d'amour de me faire autant rire,

À celles et ceux de ma famille et mes amis qui sont là pour moi,

À mes lectrices et lecteurs fidèles,

À celles et ceux qui prennent le risque de découvrir mes écrits,

À ces improbables rencontres Booksta qui ont embelli ma vie, Isa, Sienna, Lily, Sélina, Amandine, Nathan et tant d'autres...

À Sacha Delhoste pour ses magnifiques illustrations. Tu peux être fière de toi.

À Chloé Amy qui a su créer une si belle couverture,

À Dani Arthacky, ma correctrice pour sa patience,

Et surtout

À toi, ma fille, mon amour. Merci de m'avoir donné des cheveux blancs en écrivant avec toi ce roman, merci d'avoir accepté que je dérive quand toi tu voulais tout structurer... Merci d'avoir toléré ma mémoire de poisson rouge. Nous nous sommes disputées, chamaillées, nous avons bien ri aussi, mais nous y sommes parvenues !

Je t'aime tout simplement.

Dési

Merci …

À Chloé pour avoir su reproduire avec talent les idées de couverture qui s'étaient dessinées dans ma tête.

À Em, pour son enthousiasme. C'est pour elle que j'ai eu envie d'écrire cette histoire.

Et puis, bien sûr, la seule et l'unique, ma maman. La plus drôle, la plus inspirante. Merci d'avoir supporté mes tocs et mes sautes d'humeur. Et surtout d'avoir persévéré ! Ce livre ne serait pas là sans toi et Opale n'aurait jamais pris vie !
Je t'aime.

PS : Un « non-remerciement » spécial à la petite chienne qui partage notre vie depuis quelques mois, pour s'être allongée sur mon ordinateur un nombre incalculable de fois, m'empêchant ainsi d'écrire ! Bisous sur ta truffe.

Vic

Vous avez aimé cette histoire ? Alors, parlez-en autour de vous, et prenez quelques minutes pour commenter sur les réseaux sociaux et les plateformes d'achat.

Et surtout, ne télechargez pas illégalement.

Du même auteure : Dési MAC LAU

Le clan des sacrifiés : roman à suspens en trois tomes.

Unique : roman à suspens.

Instagram

@mac_lau_desi

@Lapiecevaetvient

Vocabulaire

[1] Mât d'artimon : plus petit des mâts situé à l'arrière d'un voilier à deux mâts et plus.

[2] Patache : bâtiment léger utilisé au service des grands navires, pour aller à terre et envoyer des nouvelles.

[3] Jeter/ mettre à la baille : jeter à l'eau.

[4] As-tu la taille la langue ? : expression pirate pour demander à une personne anormalement silencieuse s'il a donné sa langue au chat.

[5] Cambuse : magasin d'un navire contenant le vin et les vivres.

[6] Sloop : navire de petite taille, pas adapté pour les expéditions en haute mer.

[7] Mât de misaine : mât à l'avant d'un voilier, devant le grand-mât.

[8] Branle : hamac.

[9] Poupe : arrière d'un navire.

[10] Nid-de-pie : partie d'un navire située au sommet du plus haut des mâts.

[11] Timonier : matelot qui donne la direction et fait exécuter les ordres du capitaine.

[12] Caboulot : vocabulaire pirate pour désigner une taverne.

[13] Mathurin : surnom donné aux matelots.

[14] Gabier : matelot chargé spécialement de manœuvrer les voiles et d'entretenir le gréement.

[15] Carguer les voiles : retrousser les voiles contre leurs vergues ou le mât avec des cargues pour ralentir le bateau en cas de vent fort.

[16] Vergue : longue pièce de bois disposée en croix sur l'avant des mâts pour soutenir une voile.

[17] Mantelet de sabord : le sabord est une ouverture dans le flanc d'un navire, par laquelle passent les fûts de canons. Le sabord est refermé par un volet appelé mantelet de sabord.

[18] Palsambleu : ancien juron.

[19] Surcot : vêtement de dessus.

[20] Brague : gros cordage destinée à bloquer le recul d'un canon.

Définitions extraites des sources suivantes :

Vocabulaire et expressions des pirates. Jolly Roger.

https://jolly-roger.fr/histoire-pirates/expressions-et-vocabulaire-pirates

Wikipédia

Larousse

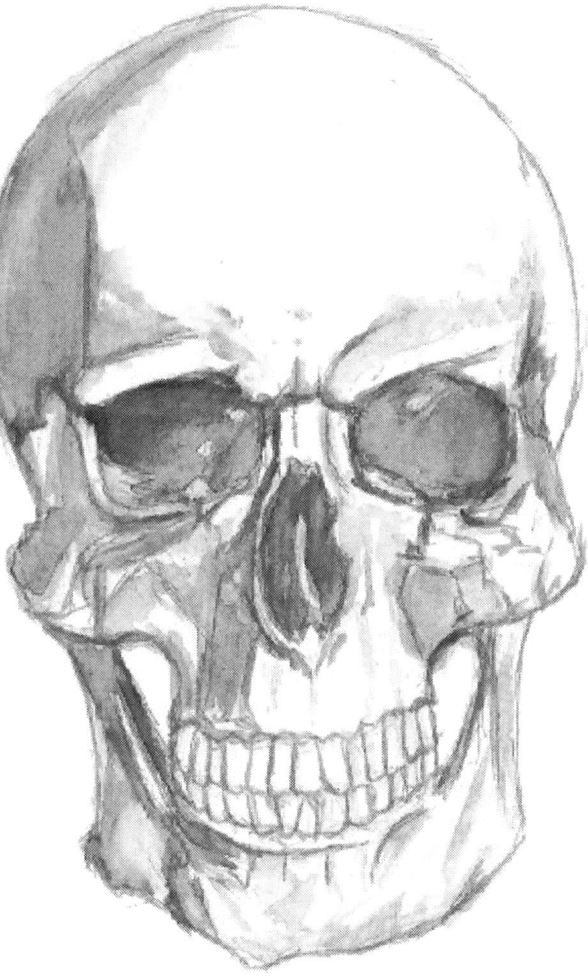

Table des matières

Printed in Poland
by Amazon Fulfillment
Poland Sp. z o.o., Wrocław

25538571R00122